魔幻偵探所

6

魔法學院襲擊者

關景峰 著

新雅文化事業有限公司
www.sunya.com.hk

魔幻偵探所
人物介紹

南森

身分：魔幻偵探所創辦人、領頭羊

年齡：120歲

畢業學校：斯塔福德學院（伏魔系）

學位：博士

捉妖經驗：108年，獲得「捉妖能手」、「怪獸剋星」等稱號

性格：遇事鎮定、善於思考，生氣時聽到幾句好話氣就消了

最具殺傷力的武器：
顯形粉、捆妖繩、無影鋼鐵牆

海倫

身分：魔幻偵探所成員，南森的得力助手

年齡：13歲

畢業學校：劍橋大學（法術系）

學位：學士

捉妖經驗：1年

性格：開朗、逢事觀察細緻，吵架時總讓着本傑明

最具殺傷力的武器：捆妖繩、凝固氣流彈

倫敦貝克街1號有一家 **魔幻偵探所**，
成員們精通魔法，法術高明，在一系列緊張
而又富於冒險性的偵探過程中，他們並肩作戰，
成功偵破了一宗又一宗錯綜複雜、
動人心魄的魔怪案件。

本傑明

身分：魔幻偵探所實習生

年齡：11 歲

就讀學校：牛津大學（捉妖系）

捉妖經驗：3 個月

性格：聰明淘氣、遇事毛躁

最厲害的戰術：非常規戰術

保羅

身分：魔幻偵探所機械狗

年齡：100 歲

工作能力：無所不知的電腦資料
庫，善於用百分比分析事物

性格：異想天開、調皮、懶惰

最喜歡的食物：潤滑油

最具殺傷力的武器：追妖導彈

特級裝備

捆妖繩

能夠對準魔怪迅速旋轉收縮，將它捆緊綁實，繩子一旦落到魔怪身上，就像嵌入肉裏，魔怪越掙脫綁得越緊，當然放繩子時可要放得準才行。

無影鋼鐵牆

這堵牆其實就是氣流，它把氣流變成了無影無形的鋼鐵牆壁，能將敵人困在其中，衝不出去。

顯形粉

這是一種非常神奇的粉末，即使魔怪偽裝、隱形了也完全能顯現出它的原形。對了，「顯形」就是「現出原形」的意思！

裝魔瓶

能把魔怪收進裏面，使其在三天內化成清水的神奇瓶子。即使魔怪身形再龐大，也能收進瓶內。

幽靈雷達

能夠準確測定氣流存在的方位，並及時發出警報的裝置。它能跟蹤、測定魔怪在哪裏。不過，如果魔怪的魔力非常強，幽靈雷達有時候也可能測不到，它的更強大的功能還有待你去改進！

追妖導彈

能夠自動尋找魔怪，進行智能追蹤的導彈，這種導彈威力比較大，一般魔怪根本抵抗不了。

魔幻偵探開始行動！

目錄

第一章　精靈信使

本傑明半躺在沙發上，昏昏欲睡。這是一個無聊的下午，他想不起要幹點什麼。南森博士和海倫出去購物了，機械狗保羅趴在沙發角那裏也沒精打采，他剛從外面回來——街角那幾隻貓被他追得四散而逃。

「真沒什麼意思。」本傑明伸個懶腰，「幹點什麼好呢？」

「咚」的一聲，本傑明明顯感到沙發一震，沙發下好像有什麼東西往上撞了一下。

「保羅，你幹什麼？」本傑明被嚇了一跳，他坐了起來。

「我沒幹什麼呀。」保羅站了起來，眼睛直瞪着沙發底下。

就在這個時候，地板下「嚯」地鑽出個腦袋，這是一個小精靈的頭，他還用一隻手捂着腦門，呲牙咧嘴。

「嘶……真疼……」小精靈慢慢把手放下，看着瞪大眼睛的本傑明，又看看保羅，「這裏是魔幻偵探所？

貝克街1號？」

「是⋯⋯是的。」本傑明不再迷糊了，「你⋯⋯你是⋯⋯」

「我是信使。」話音未落，小精靈一下就從地板下躍了上來。他的個子和本傑明差不多高，這時他站在地板上，飛快地從背包裏掏出一封信來，衝本傑明晃了晃，説：「拿圖章。」

「信使？」本傑明問，「你是信使？」

「沒錯，地遁信使。」小精靈有點不耐煩地説，「苦差事，每月薪金五棵仙草……我説南森，收信呀，拿圖章。」

「地遁信使？好像以前聽説過……」本傑明想了想説。

「我説南森老弟，快收信，我還要去滑鐵盧路呢。」小精靈好像有點不耐煩了，他揚了揚手中的信，「收這種信的按説都是資深魔法師，見多識廣，不會不知道我們吧？」

「南森？可他不是南森，他是南森的助手。」一直待在一邊的保羅走了過來，連忙解釋，「不過我們可以幫南森收信。」

「隨便啦，看他也不像個資深魔法師。」小精靈看看保羅説，「地遁速遞費兩鎊，掛號費三鎊，一共五鎊，收信人付費，快點交錢蓋圖章。」

「要我們交錢？還要五鎊。」本傑明叫了起來。

「這是規矩，回頭你問那個南森。」小精靈看來已經很不耐煩了，「你們交不交錢？不交錢按無主退信處理，不滿意可以投訴，地址是倫敦肯辛頓公園阿比恩門入口的第三棵樹，唸隱身口訣進入找速遞科地遁

組……」

「好了好了，我們給你錢。」本傑明慌忙掏出錢，阻止小精靈再繼續說下去。

他又翻出博士的圖章，收下了那封信。

小精靈把信交給本傑明後連招呼也不打，「嗖」的一聲鑽進地板一下子消失了。

「是斯塔福德寄來的信呀。」本傑明拿着那封信對着陽光照了照，想看看裏面大概有什麼，那封信用火漆封口，信封的正面有一枚斯塔福德伏魔學院的魔法老人標誌。

「是博士他們的學院寄來的。」保羅說，「看起來有什麼事情，魔法界好像有重要事情都是請精靈遞信。」

「我好像也聽說過。」本傑明看着那封信，「不過要五鎊，還要收信人付費……」

兩個小助手正在議論着，門開了，博士和海倫抱着幾包東西走了進來。

「博士，你的信。」本傑明馬上拿着信走向博士，「不是郵遞員送的，是從地下冒出來的小精靈送來的。」

「地遁信使？」博士說着把手裏的東西放到桌子上，從本傑明手裏接過那封信。

「是的，他收了我們五鎊的郵費。」保羅接過話說。

「這種信是要收信人付費的。」博士說着飛快地打開了信封。

這封信是斯塔福德伏魔學院的院長寄來的，確切地說是一封通知書。

「我說怎麼要精靈信使送信呢。」博士看完信把信交給海倫，「確實是非常重要的信。」

「修訂魔法口訣？」海倫看完信後問道。

「是要修訂和規範使用。」博士說，「魔法師聯合會網站有過報道，一個年輕魔法師擒拿魔怪時唸『定身』口訣，唸了一句『全身豎立一動不動』，結果還是給那個魔怪跑了，其實我覺得『定身』口訣還是唸成『立定不動全身僵硬』比較好，有時候人們緊張還常唸錯口訣，本傑明就常唸錯口訣。」

「我那是忘了口訣，實戰中我經常會緊張……」本傑明撓撓頭髮，不好意思地說。

「有些人是忘了口訣而出錯，不過有些口訣是因

敬啟者：

　　《魔法口訣大典》自編訂以來，已有三千多年歷史。鑒於近年來魔法界在使用魔法口訣時，證明其中一些口訣有缺陷，而另外一些經驗證實行之有效的口訣則需錄入《魔法口訣大典》，故本院決定對《魔法口訣大典》作一次修訂。

　　素仰　閣下在魔法界的大名，以及擁有豐富的使用魔法口訣的經驗，加上魔法師聯合會的特別推薦，本院誠邀　閣下前來參加「魔法口訣標準修訂、續訂及規範使用」會議。

　　會議日期為2021年8月16至26日。期間，　閣下可攜助手前來。所有費用，由本院支付。

　　如蒙答允，請於本月15日前到達，到達後請聯繫斯塔福德學院法術實踐所咒語系主任菲力浦教授。

　　有關此會議的一切議題及內容，請保密。

　　此致

南森博士

斯塔福德學院院長查理

2021年8月10日

為傳了這麼多年，與原文會有很大出入而出錯。」博士說，「斯塔福德伏魔學院那本全世界唯一的《魔法口訣大典》，是學院第一任院長編制的，聽說三千年來修訂續訂過十幾次了。」

「我們可以看到《魔法口訣大典》了。」本傑明興奮起來，「那就能從上面學幾招高超的口訣了。」

「別高興得太早。」海倫給本傑明潑了一盆冷水，「那本《魔典》可不是誰都能看的，聽說上面也收錄了很多魔怪使用的毒咒，傳出去會危害極大。」

「知道知道。」本傑明掃興地說，「我就看看封面，封面總能看吧？」

「好了。」博士連忙說，「你們現在能夠把課堂上學的那些口訣靈活掌握就可以了，以後我會教你們法力大的口訣的。」

海倫和本傑明互不服氣，但是兩人沒有再爭吵，這時保羅湊了上來。

「博士，我也是助手，帶我去吧。」保羅說。

「當然。」博士笑了笑，「不過口訣修訂工作你就不要參加了，你去那邊度假。」

「度假？」保羅想了想，「度假就度假，不知道你

的母校安排我們住在哪裏，三星級以下的酒店我可不住呀。」

「老保羅要求還挺高的。」本傑明上去拍了拍保羅的後背，「查理院長寄信還要我們付費，一次就要五鎊，博士的母校財政上可能有點危機呢……」

「這你就不懂了。」博士微微一笑，「讓小精靈送信，由收信方付費可是慣例。幾年前我也收到過這樣的信，不過你們還沒來。那次送信的小精靈是飛着來的，從屋頂鑽進來，他們可不考慮你的私隱……」

博士説着用手指了指天花板，幾個小助手都會意地笑起來。

博士處理了一些事務，五天後，大家乘火車來到了斯塔福德。博士叫了輛出租車前往他的母校斯塔福德伏魔學院，這個學院全稱是「大不列顛斯塔福德降妖伏魔學院」，名字太長，魔法界就只叫它「斯塔福德伏魔學院」，這個學院可是有三千年歷史的。博士多年來很多次從斯塔福德路過，但都沒有回母校，這次是他這些年來第一次故地重遊。

斯塔福德市不大，學院坐落在該市西郊的一處丘陵地帶。逐漸靠近學院，博士的心情異常激動，這裏的空

15

氣是那麼的熟悉。他把頭伸出車外，遠遠望去，幽靜的丘陵地帶上那處凸起的古堡，就是自己的母校。

車子到了目的地，大家下了車。博士興奮地看看學院的大門，望着熟悉的校園，無比親切。

「來吧，我帶你們先參觀一下。」博士的話語裏充滿喜悅。

「這所世界上最古老的魔法學院果然與眾不同，」海倫馬上跟上博士，她四處張望，「有一種神秘的氣氛。」

博士帶着幾個助手徑直走進學院，他不需要向門衛打聽問路，這裏的一切他都熟悉。他發現雖然自己離開這裏已經一百多年，但是學院的建築布局沒有什麼大變化。

「這裏直通學院的教學樓。」博士邊走邊介紹説，他走得很快，「教學樓東面那幢金黃色屋頂的房子，就是法術實踐所。」

在博士的帶領下，大家向法術實踐所走去。本傑明覺得這所學院從外面看上去確實有些神秘，不過看迎面走來的一些學生來看，本傑明覺得他們也沒什麼特別之處。走着走着，本傑明發現了一個籃球場，不少學生在裏面打籃球，看來哪裏的學生都是一樣愛運動的。

　　保羅歡蹦亂跳地跑在博士旁邊，突然，一隻短毛黃貓從他的身邊飛快地竄了過去。保羅被嚇了一跳，隨即追了過去，追貓可是他非常喜歡的一項遊戲。

　　「保羅，回來。」博士喊起來，不過保羅已經追了上去。

　　就在保羅快追上那隻黃貓的時候，黃貓突然停了下來。

　　「你這犬類！」黃貓突然開了口，「幹嗎老跟着我？」

　　「我、我、我……」保羅也停了下來，他愣住了，「開個玩笑……你會説話？」

　　「走開。」黃貓很不友善，「沒大沒小的犬類……」

　　「莎拉，過來。」這時，一個男子快步走近黃貓，「過來。」

　　叫「莎拉」的貓一下就跳進了那個男子懷裏。這個男子頭髮黑黑亮亮的，年紀大概有四十多歲，他穿着一件黑漆漆的皮風衣，樣子很是英武。

　　「看好你們的狗。」男子對博士不客氣地説，「不但我是貴族，我的貓也是，再讓我看見一隻下等的狗追我的貓時，你們可要小心。」

「知道了。」海倫走過去正視着那個男子，「不過下次你那高貴的貓出來時，最好掛個牌子，上面寫着『高等貴族，請勿靠近』，你説是嗎？」

「哼！」男子輕蔑地看了一下海倫，抱着貓轉身走了。

「什麼貴族？」本傑明看着那個男子的背影很生氣，「自我感覺良好，斯塔福德伏魔學院怎麼有這種人，博士，你知道這人是誰嗎？」

「不知道，我都畢業一百年了，平日和學院聯繫也不多。」博士也挺生氣的，「好了，我們走吧，保羅追人家的貓也不對……」

「我只是開個玩笑……」

法術實踐所很快就到了，這是一座五層樓的古典建築。一進去博士就看見大廳裏有塊醒目的牌子，上面寫着一行字：參加《魔典》修訂會議的來賓請到105室找菲力浦教授。

「我們去105室吧。」博士説。

推開105室的門，一個坐在辦公桌後面的人站了起來，他大約五十多歲，臉色紅潤，身材魁梧。

「先生你好，我是倫敦來的南森，來開會的。」博

士説着把那封邀請信遞了過去，「我帶着助手來的。」

「南森博士，久仰久仰。」那人笑瞇瞇地接過邀請信，「很高興認識你，我叫菲力浦，你是第四位到達的來賓，你是這所學院畢業的吧？」

「是的，畢業一百多年了。」博士點點頭，「我讀的是伏魔系，那時的主任叫喬納森。」

「喬納森先生，我見過。」叫菲力浦的人仍然笑瞇瞇的，「他是伏魔系第九十一任主任，我是咒語系第九十八任主任，我也是這個學校畢業的，不過要比你低幾屆……」

「認識你很高興。」博士説，「今天是12日，來了很多人了吧。」

「沒有，美國、印度和阿根廷的三位教授還要再等一兩天才到。」菲力浦説，「我先帶你們去休息，房間就在五樓。」

「如果我沒記錯，東樓的四樓、五樓原來是魔藥系的學生宿舍。」博士想了想説。

「你的記性可真好。」菲力浦眉毛一揚，「不過現在魔怪越抓越少，學生也減少了，四樓和五樓現在被改建成客房，五樓有很多房間，你們隨便挑。」

菲力浦說着帶領大家走出了房間，到大廳時，門外走進來一個人。

「哈哈，真巧。」菲力浦迎了上去，「德·維拉尼爵士，這位是倫敦來的南森博士，他也是來參加會議的。」

菲力浦連忙把那個男子拉到博士身邊。這個德·維拉尼爵士正是剛才那個帶着貓的男子，他看看博士，沒有說話。

「南森博士，這位是德·維拉尼爵士，他來自法國。」菲力浦繼續充滿熱情地介紹着，「他可是魔法界的新銳，抓了不少厲害角色……」

「南森……知道，我們見過。」維拉尼臉色陰沉地打斷了菲力浦的介紹。

菲力浦看出了什麼不對，有點尷尬地站在兩個人中間。

第二章　看護人遇害

「我們上去吧。」博士説，「要乘電梯嗎？」

「是，是乘電梯，哈，你們還帶來一隻可愛的小狗呀。」菲力浦看看保羅，努力掩飾着尷尬，他和博士等人走到了電梯邊，轉過身來問維拉尼，「爵士，要一起上去嗎？」

「不用了。」維拉尼説，他朝腳邊看了一眼，突然叫了一聲，「莎拉！」

被保羅追逐過的短毛黃貓立即就出現在維拉尼的腳下，好像從空氣中鑽出來的一樣。接着，這隻貓飛快地竄上樓梯，他的主人一言不發地也上了樓梯。博士猜測那隻貓不但會説話，極可能還會隱身術。

菲力浦聳聳肩，和博士他們一起進了電梯，隨後來到五樓。博士和他的助手被安排在五樓東面的三個房間裏。

「有什麼事情儘管吩咐。」菲力浦臨走的時候對博士説，「我就在一樓整理會議文件……你隔壁的房間

22

住的是布加勒斯特來的利辛斯庫先生，對面房間的卡第拉諾先生來自佛羅倫斯，你們可以先互相認識一下。對了，維拉尼住在四樓，他……喜歡清靜。」

　　說完菲力浦就走了，他剛走，海倫和本傑明就來到了博士的房間。

　　「博士，帶我們隨意走走吧？」本傑明一進來就説，「剛才從窗戶望出去，校園很漂亮，後面有一片很大的森林呢。」

　　「呵呵，林子裏有很多鳥唱歌都用意大利語，可不要嚇着你呀。」博士看看窗外，從他的窗外也可以看到那片茂密的森林。

　　「意大利語？那是在唱歌劇吧？」本傑明叫起來，「這裏的鳥都會説話嗎？」

　　「不是，只有經過這裏的教授訓練的鳥才會説話。」

　　「誰在談論我們意大利呢？」

　　從門口傳來的話音嚇了博士他們一跳，這話聽來甕聲甕氣，好像説話人的鼻子被堵住了一樣。博士一看，只見門口站着一高一矮兩個男子，令人震驚的是高個子足有兩米多高，矮個子則只比本傑明高一點。説話的是

矮個子，他有點胖，留着兩撇長長的黑鬍子，他的鬍子兩頭上翹，説話時微微抖動，此時他晃着鬍子笑瞇瞇地看着屋子裏的人。

「噢，請問你是……」博士連忙問。

「佛羅倫斯來的卡第拉諾，旁邊這位大個頭是布加勒斯特來的利辛斯庫先生。」留着兩撇長鬍子的男子介紹説。

「真是大個頭，名副其實。」博士看着那個利辛斯庫笑起來，利辛斯庫也憨厚地看着大家。

「啊，你就是活捉了獅頭鳥身怪的卡第拉諾先生嗎？」海倫猛地想起了什麼，對着長鬍子男子驚叫起來，「久聞大名了。」

「請給我簽個名。」本傑明飛快地找了枝筆，激動地説，「簽到我的衣服上吧，我在《魔法世界報》上看過你的報道，真是太厲害了……」

「久仰了。」博士説着伸出了手，「我是倫敦來的南森，認識你們很高興。」

這兩位當然也是來開會的，博士等人和他們言談甚歡，卡第拉諾和利辛斯庫在魔法界都是很有名氣的魔法師。在隨後的兩天裏，布宜諾斯艾利斯的希爾達女士、

波士頓的克雷爾先生、孟買的馬拉其先生都先後前來報
到，加上那個高傲的法國魔法師維拉尼，院長邀請的七
名魔法師全部都到齊了。這些人中，希爾達帶了一名女
助手；馬拉其先生帶了一名男助手，這兩名助手都是
二十歲左右的年輕人。

　　到會嘉賓中，只有博士是專職魔法偵探，其他人大
都是當地魔法聯合會的一級擒魔師。博士和這些人都同
魔怪有過直接交鋒的經歷，在魔法口訣的使用上經驗豐
富。讓這些人負責《魔法口訣大典》的修訂工作，是有
絕對權威性的。

　　在會議正式開始前的晚上，斯塔福德伏魔學院的
院長——也是本次大典修訂的主持人查理先生，召集所
有與會者開了一個會前交流晚宴。在這之前，院長已經
一一拜訪了與會者。出席晚宴的一共有十幾個人，不
但有七位魔法師和他們的助手，還有幾位會議的輔助
人員。

　　交流晚宴七點鐘在學院法術研究所底樓的一個小型
餐廳裏舉行，法術研究所和法術實踐所都是學院的教學
機構。法術研究所是一座不大的三層小樓，院長在這裏
也有間專門的辦公室。此時博士等十幾個人正圍坐在一

張長長的木桌後面，桌上擺了很多的佳餚和美酒。

院長看上去風度翩翩，花白的頭髮向腦後梳得很整齊，衣着華貴。這裏除了博士外，這些人中就數院長年紀最大了，從外表上看，院長是一位非常注重儀表的人。院長左邊坐着希爾達，右邊是菲力浦。

桌子上冒着熱氣的美食大大地勾起了本傑明的食慾，他根本沒怎麼留意院長的祝酒詞，只想着趕緊痛快

地大吃一頓。院長這時正在提議為美麗的希爾達乾杯，這讓希爾達很高興。接着院長又提議為一直忙前忙後負責會議接待的菲力浦乾杯。一番禮儀之後，有人開始手持酒杯離座敬酒，本傑明和海倫未到飲酒的年齡，只用飲料代酒。晚宴氣氛輕鬆，院長是想通過宴會使與會者加深了解。

這時，海倫和希達爾的女助手安娜聊得眉飛色舞，博士和波士頓來的克雷爾聊得也是非常愉快。只有保羅趴在宴會廳一角無所事事，博士本不想叫他來，他偏要來，他想來看看維拉尼那隻會説話的貓，據説那不是機械貓而是一隻真正的貓。這幾天博士他們只要看見維拉尼，就一定能看見那隻貓跟隨左右，奇怪的是這次維拉尼沒有帶貓來。

本傑明這時吃得差不多了，他拍拍自己的肚子，端着一杯飲料走到了卡第拉諾身邊。

「尊敬的先生，我敬你一杯。」本傑明語氣謙遜，「不過我只能用飲料代酒。」

「噢，本傑明先生，你真是太客氣了……」一直在和坐在自己右手邊的菲力浦説話的卡第拉諾轉過身子，笑瞇瞇地端起杯子來。

「應戰那隻獅頭鳥身怪，你是攻擊牠的下腹嗎？那裏是牠的死穴？你是怎麼得知那是牠的死穴的⋯⋯」本傑明連珠炮似地發問。

「看來你的問題真不少⋯⋯」卡第拉諾笑了起來。

「菲力浦教授。」一個為宴會提供服務的工作人員走了過來，「你的電話，維修部的尼克打來的。」

「尼克嗎？好，好，我正要找他。」菲力浦想起了什麼，他站起身來對博士和院長等人欠身表示歉意，起身去接電話。

看到菲力浦離座，本傑明索性坐在他的位子上，和卡第拉諾繼續就獅頭鳥身怪的話題聊了起來。聊了一會，卡第拉諾去了洗手間。

本傑明的對面坐着的就是維拉尼，他已經知道這個爵士非常孤傲，老是覺得自己有爵位，高人一等，還總是堅持要求別人稱他為德·維拉尼。「德」可是法國貴族名字中特有的字眼，維拉尼自己單獨住在四樓，據説他和卡第拉諾以前還有些過節。

這時，維拉尼正和希爾達及院長聊着。希爾達大概有四十多歲了，她雖然沒有爵位，但據説祖上是位公爵，有着西班牙王室血統。

「院長，這次我們肯定是能看到《魔法口訣大典》這部奇書了。」維拉尼神采奕奕地對院長説。

「是這樣的，不過根據傳統，看時大家還要互相監督，毒咒那部分絕對不能看。」院長用十分肯定的語氣説。

「這我們知道，不過説老實話，我還真的很想看看那些毒咒呢。」希爾達眉飛色舞地説。

「你真具有我們貴族特有的坦誠。」維拉尼在一邊插嘴説，抬高別人的同時也在抬高自己。

「謝謝你，德·維拉尼先生。」希爾達看着維拉尼，「我覺得這沒什麼好隱瞞的，誰不想獲得一些厲害的法力呢？即使看了毒咒，我們也會把它用在對付魔怪上，而不是加害好人。」

「這個我相信。」院長點點頭，「不過規矩還是要遵守的，不能保證其他人看到毒咒後不外傳或非法使用。」

「是這樣的，能像貴族一樣嚴守規矩的人畢竟是少數。」維拉尼説着對院長舉起酒杯，「這麼説，貴學院還保留着看護人保管《魔法口訣大典》存放櫃鑰匙，院長掌握翻開書籍口訣，兩人互相監督的傳統了？」

29

　　「對，三千年來沒有變過，嚴格來説是聯合會掌握鑰匙，學院院長掌握口訣，看護人都是由聯合會委派來的。」院長也舉起酒杯，「這樣互相制約互相監督，能有效地保證毒咒部分不外洩。」

　　「你不會喝醉酒把口訣洩露吧？」希爾達説着哈哈大笑起來。

　　「你可真會開玩笑。」院長也笑了。

　　幾個人興致勃勃地談笑着，本傑明聽着他們的談話也笑了。

　　本傑明聽博士説過，《魔法口訣大典》一書的最後幾個章節記綠的都是魔怪使用的毒咒，這些章節是從不示人的。因為《魔典》（魔法界對《魔法口訣大典》的簡稱）中一些被認為使用上有偏差的口訣要修改，而魔法師新發明的口訣要錄入，在編修人員使用《魔典》時為防毒咒外洩，三千年前聯合會就制定了一項制度：聯合會向斯塔福德伏魔學院特派一個看護人，由看護人掌管存放《魔典》的保險櫃鑰匙，而斯塔福德伏魔學院在職院長則掌握開啟《魔典》一書的口訣。只有在這兩人同時同意閱讀時，才能看到《魔典》的內容，這種相互監督的制度也能有效地避免毒咒篇章不外洩。據説要是

不唸口訣強行開啟《魔典》，會被《魔典》噴出的毒霧當場毒死。

「那位看護人，他來了嗎？」希爾達繼續和院長聊着，「他是哪位？我很想敬他一杯酒呢。」

「他在看護《魔典》，不會來的。」院長説，「看護《魔典》是他在本院的重要職責。」

「來——來——」

正在這個時候，樓上傳來悽慘的叫聲，開始那個「來」的叫聲極大，整個宴會廳裏的人都能聽見，接着聲音有氣無力。

「不好！出事了！」院長大喊一聲，起身向樓上跑去。

眾人都跟在他身後。

院長直奔他的辦公室所在的三樓，不過經過他的辦公室時並沒有進去，而是又向前跑了幾步，衝到一扇門牌為「305」的房門外。

大家正要跟着院長衝進去，院長好像突然想起了什麼，他站住了，對大家擺了擺手。

「大家等一下，我單獨先進去。」院長嚴肅地説道。

31

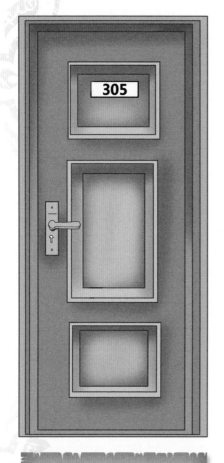

眾人都停下了腳步，院長獨自推門走了進去，隨後關上了門。

「湯尼！湯尼！」

305房間裏，一幕慘劇一下出現在院長眼前。只見一個男子臉朝下趴在地上，血從他的頭上流了下來，屋子裏的一張桌子被掀翻在地，桌子上的東西撒了一地。

院長走近被害者，小心翼翼地抬起了他的頭，這個人大概有六十歲，頭髮灰白，他緊閉雙眼，頭部有一處明顯的傷口，脖子上也有致命傷，血不住地往下流。

湯尼已經死了。院長非常震驚，突然他彷彿想起了什麼，他急切地把手伸向受

院長是出於什麼考慮，才讓大家在門口等待呢？

32

害者的腰部，他發現受害者的左手捂着腰部，手裏好像死死地按着一樣東西，院長使勁掰開他的左手，一把拴在被害者腰帶上的鑰匙露了出來。

院長取下鑰匙，急匆匆地來到一面牆前面，牆上有一幅畫，他掀開畫，牆上有一個殘破的牆洞，畫的後面有個很小的開關，院長按下開關，一堵假牆被推開了，裏面露出一個櫃子。

院長用鑰匙打開了櫃子，鑰匙插進鎖孔後並沒有一下子打開，院長等了一分鐘後，在一陣極輕微的「咔嗒咔嗒」的聲音過後，櫃門自動打開，院長一下就把手伸進櫃子並拿出一個木盒子，他打開木盒子，從裏面拿出一本厚厚的書，書的封面上方有學院的標誌，下方畫着兩個身穿古代服裝的小人，一個手持寶劍和盾牌，一個手持弓箭，封面上半部有一行清晰的花體字——魔法口訣大典。

「還在。」院長自言自語道，他把《魔典》放回櫃子鎖好，然後關上了假牆。

院長低頭看了看趴在地上的湯尼，之後他緩緩走到門口，把房門打開，看了看外面的眾人，他的目光突然落到了博士身上。

「南森博士，出事了。」院長悲傷地說道，「你是偵探，快來看看吧，也許能發現什麼線索。」

博士走進了305房間，其他人都擠在門口觀看。

「他死了。」博士看了看湯尼，慢慢蹲下，仔細查看了瞳孔，「剛剛死的，眼角膜還是濕潤的，下手極重，殺害他的人法力不低！」

剛才還在宴會廳談笑的人們都吃驚地看着這一幕，魔法學院裏發生兇殺案，這當然是不可思議的事情。

「布蘭頓教授，馬上帶人搜查校園和校園周圍區域。」院長很快作出了部署。

「是，院長！」從人羣中發出一個聲音，正是布蘭頓，他是咒語系的教授。

「菲力浦教授，你也去，多找些人！」院長一下看到了人羣中的菲力浦，剛才菲力浦一直在打電話，聽到慘叫聲後他把電話一扔也跟着跑了上來。

「是。」菲力浦說完也跑下樓。

布蘭頓帶着幾個人匆匆跑下樓後，這裏剩下的基本上都是來參加會議的魔法師，這突如其來的事情震驚了所有的人。

「先不要碰屍體。」博士看到院長想把受害者的身

體翻轉過來，提醒道。

「謀殺！」院長擦擦頭上的汗，看看眾人，「這一定是謀殺，有人想偷走《魔典》！死者是看護《魔典》的湯尼，他也是魔法師，是魔法師聯合會派來的！」

院長的話令眾人更震驚，大家意識到問題更加嚴重了，誰都沒有說話，房間裏的空氣十分緊張。

「這裏一直存放着《魔典》嗎？」博士首先打破沉默。

「是的，這裏也是湯尼休息的地方。」院長說，「這在學院不是什麼秘密，湯尼法力高超，他是專職看護《魔典》的。」

「這太可怕了。」希爾達在一邊喃喃地說，「誰幹的呢？」

「都有嫌疑。」博士突然說，他看看死去的湯尼，又看看驚異的眾人，「當然，也包括我。」

院長聽了連忙說，「南森博士，我相信你的為人，我們這裏只有你是專業偵探，你有什麼發現嗎？」

「還沒有。」博士搖了搖頭說，「這個案子可能會很複雜……」

「案子好像不複雜！」人羣中有人高聲說道，那

人正是維拉尼，「查清楚剛才誰在宴會期間離開過就行了，那個人就最有嫌疑，把案子交給我吧……」

「可是維拉尼先生，剛才好幾個人都出去了呢。」來自波士頓的克雷爾小聲地說，「好像沒那麼簡單。」

「德·維拉尼爵士！請這樣稱呼我！」維拉尼不滿意地說，「對貴族要尊敬！」

「好，德·維拉尼爵士。」克雷爾改口說，「我覺得這個案子還是要交由專業偵探……」

「要相信一個貴族的辦事能力！我可是劍橋畢業的優等生！」維拉尼生氣了，兩眼瞪着克雷爾，「劍橋豈是你們那波士頓魔法學院能比的，劍橋法術學院要比波士頓魔法學院早成立五百年！」

這個維拉尼居然也是劍橋畢業的，海倫看了看他，她對這個趾高氣揚的校友很是討厭。

「這個時候我們應該團結。」院長走到維拉尼面前，「你也是魔法界的高手，不過南森博士更加專業一些……我現在要馬上把情況報告給魔法師聯合會，還要和警方聯繫一下。」

說完，院長拿起了桌子上的電話，不一會，他接通了電話，低聲說了起來。

「我覺得應該由南森博士來破解這個案子，他是在職的偵探，還是個大偵探……」説話的是希爾達。

眾人紛紛表示同意，博士的名望和為人在魔法界人所共知，而且他是這裏唯一持有警方和魔法師聯合會聯合頒發的魔法偵探執照的人。

「大家注意。」此時院長放下了電話，「我剛才和希歐多爾會長聯繫了一下，他知道南森博士在這裏，説《魔典》的看護工作先暫由南森博士負責，也就是説南森博士現在開始就要住在這裏了，具體的情況聯合會要緊急召開會議後才決定……我也和警方通了電話，他們認為魔法師遇害顯然不是普通人所為，因此也建議此案全權交給具有魔法偵探資格的南森博士處理。一會兒，他們會來處理屍體。」

「哦，是這樣。我非常感謝希歐多爾會長、警方，還有你們的信任。」博士看着維拉尼，又看看院長，「這肯定不是一宗普通兇殺案，如果聯合會決定派其他人來破案，我馬上退出，在這之前暫由我來負責。」

大家都連連點頭，維拉尼看看大家，沒有説話，算是默認。

博士感激地看着眾人，説：「這個案子我會盡全力

的……維拉尼先生，你若有興趣，可以來幫助我破案，其實我希望各位都來幫忙……」

「我會自己進行的。」維拉尼看看博士，不屑地說。

「那好，祝你成功……那麼調查從現在開始。」博士說，「我想請院長先留下，諸位先回房間休息。」

聚集在門口的人轉身離開，除了海倫、本傑明還有保羅站在原地沒有動，博士把他們叫進房裏。

院長說：「南森博士，現在案件完全由你負責，我也就不瞞你什麼了。」

說着院長關好了房門，他走到假牆的那幅畫前，掀開畫按下開關，那堵假牆被打開了，裏面露出一個櫃子。

「櫃子裏放着《魔典》。」院長用鑰匙打開了櫃子，從裏面拿出《魔典》給博士看了看。博士和小助手們都瞪大了眼睛，他們知道這就是院長剛才不讓大家一起進來的原因了。「根據慣例，放《魔典》的櫃子鑰匙不能由我掌管，現在你是看護人，這條鑰匙交給你。」院長說。

博士接過鑰匙，又再一次走到湯尼的屍體旁邊，

仔細地觀察起來。保羅圍着湯尼轉了兩圈，他身上的攝影系統已經開啟，海倫和本傑明也在房間裏仔細地搜索着，希望能找到什麼線索。

死者的右手握着一支能放三枚五號電池的長柄手電筒，可能是他順手拿起這個手電筒和兇手進行了搏鬥。博士把手電筒從他手裏取下來，看了看，然後放到了櫃子上。

博士同時發現，地上還散落着不少藥片。保羅將整個現場都攝影記錄下來了。

第三章　亂哄哄的衝突

博士把院長拉到一邊，用手指指着存放《魔典》的那面牆。

「你確定這次謀殺的目的是衝着《魔典》來的？」

「肯定是，湯尼他為人很好，不會有什麼私仇的。」院長的語氣很肯定，「我不明白的地方是——就算是《魔典》被兇手偷走，他不懂口訣也打不開書呀，我肯定沒有把翻開《魔典》的口訣洩漏，還有就是《魔典》存放的具體位置是怎麼被洩露的，那面假牆可是很隱蔽的。」

「是呀。」博士皺起了眉頭，「兇手拿走一本打不開的《魔典》幹什麼呢？院長，你能保證打開《魔典》的口訣沒洩漏嗎？」

「不會洩漏的。」院長點點頭，「這幾天我們為會議做準備，已經三次打開過《魔典》，我們把將要修改的口訣所在的章節提前找出來，還把要修改的口訣的來龍去脈抄下來準備開會時作參考，但做這些事情時，我

們都是嚴格按規定進行的……」

「你們已經打開過《魔典》了？」博士問。

「是的，這次是第十三次修訂《魔典》，第十二次修訂工作是在上百年前，並不是每任院長都能碰上修訂《魔典》這麼重大的事，因此這次我們還特別小心。」院長很認真地說，「其實我能看到《魔典》算是很幸運的，修訂《魔典》後我就要退休了，前面幾任院長一直到退休都沒有翻閱過呢。」

「你快要退休了？」博士問。

「是呀，年紀到了，我在這裏工作了五十年了，當院長也有三十幾年。」

博士說：「噢，你們開啟《魔典》是怎麼操作的？」

院長說：「我和湯尼把《魔典》先拿到我的辦公室——會議準備工作在我的辦公室裏進行。拿來《魔典》後，在湯尼以及咒語系幾位教授的監督下，我手拿《魔典》，背對着大家默唸口訣開啟它。」

「背對大家默唸口訣？」博士連忙問，「為什麼？」

「這是按規定而行，目的在於防止會唇語的人解讀

口訣。」

「唇語？就是那種不聽人家發音，只直接看口形就能解讀對方意思的技術嗎？」

「是的，有這種專門的口形間諜，我們學院這些年也開設了唇語課程，好多師生都會。」院長説，「要是面對大家默唸口訣，誰要是懂唇語還是會洩露。」

「嗯，這倒是應該的。」博士若有所思地説，「有很多人知道這裏是《魔典》存放地吧？」

「是的，這不是秘密，學校裏的人都知道湯尼的職責是在這裏看護《魔典》，不過它放在假牆後面只有我和湯尼知道。」

「做得對。」博士輕聲説，「噢，對了，這幾次會議前的準備工作有哪些人參加？這些人可靠嗎？」

「只有我和咒語系的主任菲力浦教授、布蘭頓教授和威力教授。當然，還有湯尼，不過他只是監督《魔典》的使用情況，並不參加會議討論……這些人都是絕對可靠的。」

博士沒有説話，他在房間裏轉了一圈，思考着什麼。房間被勘察過後，海倫和本傑明簡單收拾了一下，剛才的勘察沒有發現任何有價值的線索。

42

現在，院長、海倫、本傑明還有保羅的眼睛都在跟着博士轉。

「院長，遇害的湯尼法力如何？」博士突然停下腳步問。

「很高，魔法師聯合會不會派一個法術低的人來看護《魔典》的，不過他最近身體不好，三個月前還暈倒過一次呢。」院長歎了口氣，「他在這裏看護《魔典》四十年了，他其實也快退休了，提前退休……」

「提前退休？」博士問。

「本來還要再過幾年，不過近來他身體不好，在不斷地吃藥。」院長說，「這幾天晚上我忙工作到太晚，就住在這層樓302室辦公室裏，半夜聽他咳過好幾回呢，聯合會說會儘快派另一名魔法師來替換他，沒想到……」

「啊，那真是太遺憾了。」

「咚咚咚！」門外傳來急切的敲門聲。院長忙開門走了出去，又順手關上門。

「院長，快去看看……」克雷爾上氣不接下氣地對院長說，「卡第拉諾先生要殺維拉尼，誰都拉不開……要出人命了……」

院長大吃一驚，「好的！」他答應了一聲後趕緊開門進來和博士商量。博士馬上安排本傑明和海倫看護房間，隨後和院長跟着克雷爾一起跑下樓。

大家跑到參加會議的魔法師住的法術實踐所，衝突的現場就在一樓，只見這裏亂哄哄的，希爾達和她的助手安娜攔着維拉尼，大個子利辛斯庫和馬拉其拚命拉着卡第拉諾。維拉尼的黃毛貓弓着身子守在主人身前，眼睛死瞪着卡第拉諾，毛都豎起來了。

「什麼爵士！你是個小人！我非殺了你不可！」

「來呀，我不怕，你是兇犯！你一直和魔怪有勾結……」

「你誣陷好人……」

發生衝突的兩個人雖被攔開，但是嘴上仍然攻擊着對方。

突然，越罵越急的卡第拉諾猛地甩開馬拉其的手臂，雙手快速向維拉尼一揮。

「閃電手！」卡第拉諾大喊一聲。

一道閃電霎時在半空中形成，「咔」的發出一聲悶響後，又發着「嚇嚇」的聲音向維拉尼的頭頂直劈下去。

44

「飛盾！」院長一揚手，一塊發光的盾牌一下就飛上半空，「啪」的一聲擋開了那道閃電。

「卡第拉諾先生！」院長大聲吼叫着，衝到卡第拉諾面前，「你要為自己的行為負責！」

看到院長生氣了，整個現場一下就安靜了下來。連維拉尼的貓都跑到主人身後，伸出頭看着發怒的院長。

「卡第拉諾先生，究竟發生了什麼事情？」院長問。

「我正在房間休息，他跑來説我是兇手！」卡第拉諾一下又來了氣，他用手指着維拉尼大聲説道，「他侮辱了我的人格，我要和他決鬥！」

「你確實是兇手，你不配和貴族決鬥。」維拉尼毫不相讓，「不過要是想鬥法，我樂意奉陪到底！」

「那就來吧！」卡第拉諾叫了起來，利辛斯庫和馬拉其連忙拉住他。

「等一下！」院長向卡第拉諾猛一揮手，然後走到維拉尼面前，「你説卡第拉諾是兇手，證據是什麼？」

「當然有證據。」維拉尼理直氣壯地説，「我調查過了，出事那幢樓在宴會開始後就再沒有外人進來過，樓裏人作案的可能性最大，湯尼遇害的那個時間卡第拉

諾正好不在餐廳裏……」

「我去洗手間了！再説又不是只有我一個人中途離開過宴會廳！你為什麼總是盯着我！」

「可是你離開的時間最長！」維拉尼繼續説，「你幹什麼去了？還不是去偷《魔典》，被人家發現就殺人！你一直和魔怪有勾結，這我全知道，山妖就是你放走的……」

「山妖？什麼山妖？」院長疑惑地問。

「我就知道是因為山妖的事！你一直耿耿於懷！」卡第拉諾的臉漲得通紅，他憤怒地瞪着維拉尼，「你真是個小人，你這是借機洩私憤……」

「到底什麼事呀？」院長大聲追問。

「十五年前我和他合作過……」卡第拉諾指了指維拉尼，開始解釋，「在意大利和法國交界的阿爾卑斯山有個山妖出沒，兩國各派了一名魔法師除妖，就是我們兩個，後來山妖從意大利一方消失了，這個傢伙就説是我放走的……由於沒抓住那個山妖，他耽誤了提前晉升資深魔法師的良機，他對我一直懷恨在心……」

「你亂説什麼？山妖就是你放走的，那時候我們團團圍住了他，怎麼就不見了？你收了山妖的紫水晶了，

48

這次你肯定又和他合作偷《魔典》，或者就是你單獨幹的……」

「你是個妄想狂……」卡第拉諾氣得説不出話來，又想和維拉尼拚命。

「卡第拉諾先生！」院長擋在卡第拉諾面前，「你好像無視我的存在！」

「他、他實在太氣人了。」卡第拉諾稍微安靜了下來，「魔法師聯合會後來有正式的報告，認為山妖消失不是我的失職，聯合會都調查過的……」

「哼……」維拉尼輕蔑地用鼻子哼了一聲。

「維拉尼先生，你積極調查案子我很感謝，以前的事情我想聯合會已經給出了定論，就不要重提了，不過剛才你指控卡第拉諾先生確實太主觀了。」院長對維拉尼説道，「不能因為他出去的時間長，就此肯定他是去行兇了。」

「就是，我在洗手間裏修鬍子！」卡第拉諾指着自己的鬍子，「左邊的奓拉下來了！不對稱不好看，你不留鬍子又不知道，這要修一會的！馬拉其先生去洗手間時看見我修鬍子了，他可以為我作證！」

「是的，他確實在那裏修鬍子……」馬拉其衝院長

點點頭。

「其實我的鬍子現在翹得還有點不對稱呢！聽見慘叫聲我顧不上沒修完也跑上樓了……」

聽到卡第拉諾說得頭頭是道，維拉尼不說話了。

「你們還要決鬥是吧？」院長的語氣緩和了一些，「難道你們不知道聯合會有魔法師之間不許決鬥的規定嗎？真鬧起來要被消滅法力的！」

「是他拉我下來決鬥的……」維拉尼低着頭，小聲說。

「因為你心胸狹窄。」

「有事還是要好好商量。」一直拉着維拉尼的希爾達説，「我看院長不會追究你們的，維拉尼爵士，以後調查要更全面一些……」

爭議被平息了，大家正準備離開，就在這時，菲力浦和布蘭頓走了過來，他們剛去搜查校園回來。

「這是……出什麼事了？」菲力浦靠近克雷爾小聲地問道。

克雷爾將事情的經過簡單跟他説了一下，隨後跟着魔法師們上了樓。菲力浦則叫住了院長。

「院長，剛才我們初步搜索了校園，沒發現什麼。」菲力浦説。

「知道了。」院長説，「從現在開始要增加校內的保安力量，可以調動伏魔系高年級學生幫忙，你們還要加強保安，這裏還住着來開會的魔法師呢。」

「好的。」

「具體安排我一會再過來和你們商量，你先把各個系主任都召集一下，我現在去和南森博士談點事情。」院長説完和博士等人離開了法術實踐所。

院長和博士先回到法術研究所。他們經商量後決

定，讓博士今晚帶着保羅住在存放《魔典》的305房間裏，海倫和本傑明睡在旁邊的304、306房間，幫助博士守衞《魔典》。至於那面假牆上的破洞，院長決定第二天一早親自和博士一起把它修補好，院長已經考慮換個房間放置《魔典》了，但這還要等破了案以後再說。

安排完對《魔典》的看護後，院長下樓去對整個學院的保安做新的安排。院長下樓時已經很晚了，不過此時博士他們也沒有閒着。在那個存放《魔典》的房間裏，魔幻偵探所的成員還在分析着案情。

「我覺得指證兇手就是某個剛才參加晚宴的人的說法不可靠。」本傑明最先說出了他的想法，「出席晚宴的人，除了學校的教授，就是剛剛來參加會議的魔法師，這些人不可能作案吧？」

「很難說。」博士說，「院長說湯尼口碑很好，作案者闖進來的目的應該衝《魔典》而來，不大可能是其他掠奪。你們看看這屋子裏還有什麼其他東西能吸引人竊取或搶奪的嗎？」

海倫和本傑明四下走着東張西望，這個屋子的布置很簡單，只有一些生活必備品，但是誰會對這些東西感興趣呢？

討論沒有任何結果，此時已經臨近午夜，博士叫兩個助手抓緊時間休息。海倫和本傑明分別住進了旁邊的304、306兩個房間，院長已經叫人收拾好牀鋪。

「保羅，你把魔怪預警系統打開。」博士臨睡前吩咐道，「要小心呀。」

「放心吧博士，有我看着，《魔典》丟不了。」保羅説，「你只管睡吧。」

博士躺下去沒一會，保羅就聽到了他那熟悉的呼嚕聲。

而這時院長還沒有休息，他正在校園裏對可能入侵的魔怪作防範措施——這一點不可不防。院長知道學院成立以來也發生過校園內魔法師被害案件，但那是兩三千年前魔怪橫行時期，這麼多年來學院裏一直太平無事，現在發生了這樣的兇殺案他是一定要負起責任的。

第四章　午夜襲擊者

時間很快到了午夜一點，法術研究所外一片寂靜。研究所的305房間裏，保羅在當值。

大樹的影子被微弱的月光照射到窗簾上，影子在輕輕地晃動着。

海倫和本傑明也已經進入夢鄉，兩人都累極了。

突然，門外的空氣好像微微一顫，颳起一陣輕風來，有什麼東西在輕輕移動着，走廊裏幾片樹葉一下就被吹起來，而走廊兩端的窗戶都是關得嚴嚴實實的，根本就不可能有風吹進來。那股風緩緩地移動着，慢慢靠近305號房間，到達門口時那股風好像一下停止了。

「呼」，這陣「輕風」吹進了305房間，進入房間後，它沒有移動，而是環視着整個四周：一個老人睡在牀上打着輕微的呼嚕，一隻慵懶的小狗趴在老人身邊。

「輕風」發現了那堵殘破的假牆，它慢慢靠近那堵牆，並在牆前面停了下來，貪婪地看着。

看了一會，「輕風」轉過身子來，慢慢飄向老人，

在距離大約兩米的地方，「輕風」掏出一把細粉，朝小狗一撒，然後又掏出一把細粉，準備撒向博士。

博士在熟睡，保羅則是閉目養神。

「乞——嗤——」保羅突然站了起來，拚命晃着頭，他感到有什麼東西落進了他的鼻腔。

「輕風」被保羅的舉動驚得一下後退了幾步。

噴嚏聲一下吵醒了博士，他一個翻身坐了起來。

「怎麼了，老伙計？」博士問，突然，他聞到有股怪味，一下跳了起來，「迷魂粉！」

「什麼粉？」保羅連忙問。

「凝結落地！」博士唸出一句口訣，只見空氣裏瞬間凝結出一些塊狀物，紛紛落在地上。與此同時博士連忙又唸了句口訣：「顯身顯形！」

「隱身隱形！」空氣中突然傳來一個聲音，這同樣也是一句口訣，顯然起了作用，沒有什麼東西顯出身形來。

博士知道遇到對手了，他剛跳下牀就覺得有一股勁風劈頭蓋臉地撲過來，博士一低頭，「咔嚓」一聲，牀頭的木頭被砸得稀爛。

保羅看不見是誰在對博士進行攻擊，急得亂跳，他

的追妖導彈這時一點作用也發揮不了。

博士只能憑感覺感知對手的位置，他衝着勁風推過來的方向連推出兩顆凝固氣流彈，「咣、咣！」兩聲巨響，他的氣流彈被擋開了。

「本傑明、海倫——」保羅喊起來，「快來呀！」

「嗖」的一聲，一股帶着火燄的氣團一下衝保羅飛砸過來，博士連忙推出一顆氣流彈，兩股氣團「轟」的一聲撞出巨響，保羅沒有被擊中。

這時305房間的門被一腳踢開，海倫和本傑明已撲上前來助戰。

「小心，他藏在寫字枱前面！」博士馬上提醒兩個助手，「他是隱身的，能破解顯形術！」

博士話音未落，海倫和本傑明同時揮拳向寫字枱方向打去，本傑明什麼也沒打到，海倫的手臂被一個結實的臂膀一下擋開，差點摔倒。

「他在移動，靠近櫃子了！」博士的法力能夠感知襲擊者的大概位置。

「呼！」一股風聲猛吹過來，博士用手臂一擋。「啊——」，博士慘叫一聲，只見一根直徑三四毫米粗、幾十厘米長的鋼針扎到了他的手臂上，手臂上的血

一下就被那根鋼針吸走了一些。鋼針一端扎在博士的手臂上，另一端隱沒在空氣中。博士猛地往回抽動手臂想甩掉它，但是那根鋼針像是長在手臂上一樣弄不掉。

「千噸鐵臂！」博士的手臂突然變長，衝着鋼針的另一端橫掃過去。

「啪」的一聲，空氣中傳來一聲慘叫，看來博士擊中了目標。

「他被擊中了，現在在桌腳……在沙發了……」博士不斷地報告着那個傢伙的位置，「小心他的虹吸術……」

海倫和本傑明緊挨着博士，三人背靠背，這種姿態可攻可守。三人不停地移動着位置，那個襲擊者也不停的移動着。短暫的寂靜中，海倫能夠聽見襲擊者的呼吸聲，聲音非常急促。

保羅找不到攻擊目標，十分着急，突然，他看了看窗外。

「嗖」，一枚導彈擊破窗戶飛出窗外直射向天空，飛出窗外五十多米後導彈凌空爆炸，如同節日的煙花。

這無疑是保羅向外發射出的求援信號彈，因為和一個隱形人交戰，博士他們稍有疏忽就可能吃虧，急需

援手。

　　襲擊者顯然清楚了保羅的意思，他猛向博士他們連射五、六團帶着火燄的氣團，就在博士他們招架的時候，他飛出了窗戶，像風一樣溜走了。等博士擋開氣團，追到窗邊向外看時，他早已跑得無影無蹤。

　　遠處，幾個人正向這邊趕來，他們是看到保羅的求救信號後，趕過來支援的。

　　「跑了。」博士說着整了整衣服，「追不上了。」

　　「怎麼回事呀，博士？」海倫問。

　　「剛才來了一個隱身襲擊者，大概又是想搶《魔典》。」博士說着拍拍保羅的腦袋，「老伙計好樣的。」

　　「這沒什麼。」保羅得意地搖搖尾巴，「你的手臂受傷了？」

　　「剛才我『獻血』了。」博士苦笑了起來，他的手臂上有個傷口，他忙取出急救水塗在了傷口上，「這個傢伙用的是虹吸術，這是魔怪常用的吸血術，幾秒鐘內能吸光人身上所有的血，我的血給吸走了一些……」

　　「啊？」海倫叫了一聲，「那你……」

　　「我用驟停術讓血液停止流動，才避免失血過多，襲擊者的法力可不低……」

　　隨着一陣腳步聲，門外響起了急促的敲門聲。博士
連忙開門並走了出去，偵探所其他成員也都跟了出來。
他們看到克雷爾和馬拉其站在門外，隨後，氣喘吁吁的
院長和滿頭是汗的菲力浦也跑來了。

　　「怎麼回事？」院長等人異口同聲問道。

　　「剛才來了個隱身的襲擊者，已經跑了。」博士連
忙解釋，他蹲下身子拍着保羅的頭，「多虧了保羅，那

個襲擊者趁我睡着時，想用迷魂藥迷暈保羅和我，但是他沒看出保羅是隻機械狗，神經系統都是電路板，沒法迷暈。」

「你們沒受傷吧？」菲力浦面色通紅，看來是跑累了，他關切地問。

「沒有，不過那個傢伙很厲害，破了我的顯身口訣，始終沒有露面。」博士很惋惜地説，「也不知道他是人是魔。」

「可能是人，我身上的魔怪預警系統沒有反應。」保羅説。

這下大家終於知道保羅是隻機械狗了。

「也許是法力極高的魔怪。」院長提出他的觀點，「那樣幽靈雷達信號會被破壞掉的。」

「雖然沒有看出他的樣子，但是他的目標應該就是《魔典》了。」博士走到放《魔典》的假牆那裏，扭頭看看被擊破的窗戶玻璃，「兩次進入這個房間，目標非常明確。」

「幸虧你在這裏。」院長走到博士身後，「對《魔典》的守護要加強，今晚我就住在這邊一起看護《魔典》。」

「看看，還說我是兇手。」人羣中傳來卡第拉諾的聲音，「剛才我可是一直在房間裏睡覺呢，大個子可以給我證明。」

圍在房間門口的人又增加了幾個，卡第拉諾站在最前面，最後面是巨人利辛斯庫，門旁邊是維拉尼。

卡第拉諾説完話看看利辛斯庫，還用眼瞥了瞥維拉尼。

「是我叫他來的，他睡得太沉，連爆炸聲都沒聽見。」利辛斯庫説話的聲音非常憨厚。

「怎麼讓他跑了？」維拉尼沒有理會卡第拉諾，他大聲説，「要是我在一定抓住他。」

「你能抓住他？」卡第拉諾連忙接過話，「説不定已經被魔怪幹掉了……」

「你放尊重點！」維拉尼生氣極了，他怒視着卡第拉諾，「侮辱貴族，真是一點禮數都不懂……」

「吹牛的貴族……」卡第拉諾針鋒相對。

看到兩個人要起衝突，大家急忙把他們拉開，院長讓幾個魔法師把他倆架回了房間。

「你也回去吧。」院長對菲力浦説。

「好的，院長。」菲力浦擦擦汗，「你一定要當

62

心。」

眾人走後，海倫和本傑明開始收拾房間，這是兩人短短的幾個小時內第二次收拾房間了，剛才那場驚心動魄的搏鬥兩人回想起來都有點害怕，看不見的對手最難對付。

「要是你在場，襲擊者就跑不掉了。」博士對院長說。

「哪裏哪裏，敢在學院裏襲擊魔法師的傢伙，一定不簡單。」院長擺擺手，「幸虧有你在，否則《魔典》就被偷走了。」

「對了，院長，放《魔典》的櫃子很容易被撬開嗎？」博士走到假牆的破洞那裏，指了指《魔典》存放的位置。

「基本上不可能，那可不是一般的保險櫃，除非用鑰匙打開，否則法力高深的魔法師也很難撬開它，湯尼看管鑰匙很認真，應該不會被誰偷走複製的，而且那也不是普通的鑰匙，是特製的。襲擊者沒有鑰匙又不會口訣，要搶那本《魔典》幹什麼呢？搶了也沒法用呀。」院長一臉疑惑。

「是很奇怪。」博士點點頭，「不管怎麼說，這個

房間二十四小時都要有人看守。」

「對對對。」院長連聲說道。

「明天白天我要是出去查案，鑰匙我帶在身上，海倫和本傑明帶着保羅守在這裏。」博士對幾個助手吩咐說，「有情況保羅還是放『信號彈』……」

「白天你們要是都不在，那個傢伙又來怎麼辦？」海倫有些緊張地問。

「白天他來了也沒關係，這層樓有人上班的。」院長對海倫說，「這個房間對面就有研究所的幾個魔法教授來上班，我會叫他們注意，兇手如果來了正好當場抓住！」

「兩次攻擊都是晚上，他白天來的可能性不大。」博士謹慎地說道，「但還是小心點好，沒抓住他之前，晚上我都會住在這裏……今天多虧保羅了。」

「保羅，晚上看你的了。」院長蹲下身來拍拍保羅的後背。

「沒問題，迷魂粉的味道我已經記下來了，一聞到我馬上發警報。」保羅得意洋洋。

「晚上我仍在辦公室。」院長握着拳頭，「最好他再來一次，我們聯手抓住他。」

第五章　探訪知情人

這個晚上並沒有發生院長希望的事情——那個襲擊者沒有再來。後半夜非常安靜，精神緊張的海倫和本傑明開始時一直等着襲擊者到來，後來由於太累最終慢慢睡去。

第二天，本傑明很晚才起來，當他走到博士住的305房間時，發現放《魔典》的假牆上，那處破洞已經修補好了，這應該是博士和院長一起幹的。

「怎麼樣？」本傑明進門後問道，「昨晚沒有再出什麼事情吧？」

「壞蛋被抓住了。」保羅搖搖尾巴説道。

「抓住了？」本傑明瞪大了眼睛，「在哪？是誰？」

「住在306房的，早上很晚才起牀的那個……」海倫在一邊笑着説。

「你説的是……」本傑明一下明白過來，「你們戲弄我……」

博士在一邊笑起來，說：「昨晚沒來。」

「博士已經在房間裏撒了很多顯形粉，保證他一進來是魔顯形，是人顯身。」保羅搖頭晃腦的樣子很好笑。

「呵呵……」博士笑了笑，「好了，我現在出去偵查，你們看好這裏。放心，對面的幾個房間都有法力高超的教授在上班。」

博士說完就下了樓。他來到305房間窗戶外的地面上，低頭找着什麼。窗外是一片整齊的草坪。那個襲擊者凌晨逃走時，就是從窗戶逃走的。

博士努力想找到襲擊者留下的印跡，但他沒有發現什麼。

博士接着向法術實踐所走去。進了法術實踐所，他直奔來參加會議的魔法師住的五樓，到了卡第拉諾的房間門口，博士按了按門鈴。

「門開着，請進來。」卡第拉諾的聲音從裏面傳了出來。

博士推門走了進去，他看見卡第拉諾正對着牆上的大鏡子，修整他那兩撇奇特的大鬍子。

「卡第拉諾先生，打擾了，你在……忙……」

「沒什麼，馬上就好。」卡第拉諾邊修鬍子邊說，「你先坐一下。」

過了幾分鐘，卡第拉諾晃着他那兩撇上翹的大鬍子轉過臉來，看來他很在意自己的這種「裝飾」。

「這個可不能馬虎。」卡第拉諾笑瞇瞇地指着自己的鬍子。

「呵呵……」博士也跟着笑了笑。

「有什麼事情嗎？南森博士。」

「噢，我想問問昨晚在你聽到樓上有慘叫聲之前，你還聽到什麼異常的動靜嗎？比如說爭吵聲或者打鬥聲，晚宴的那個房間比較熱鬧，你這裏安靜些，可能會更早發現。」

「是這樣呀。」卡第拉諾點點頭，「我想想……應該沒有什麼聲音，也許是隔得遠，那個房間要是有打鬥聲我應該能聽見，魔法師之間搏鬥聲音很大的。」

南森博士點點頭，說：「非常感謝你，要是有什麼發現請立即通知我，我就不多打擾你了……」

「沒問題，南森博士，這個案子很複雜吧？你覺得是人還是魔在作案呢？」卡第拉諾可不想博士就這麼輕易走了，他拉着博士問這問那的，「我覺得像是魔怪作

案呢……」

「目前還沒有什麼發現……」博士搖着頭説。

「不會吧，你可是大偵探呀。」卡第拉諾説，「你和我這擒魔師不一樣，尋找魔怪是你的專業，只有你找到魔怪我才能去擒拿魔怪，當然你也很有法力……一點線索都沒有嗎？」

「真的沒有什麼線索，一點都沒有……」博士看到被這位囉嗦的先生給纏上了，急於脫身，他邊説着話邊向外走去，「會有線索的，請放心。」

「我感覺你的思路還是向魔怪方向考慮，儘管我只是個執行命令的擒魔師，不過我也是和魔怪打了好多年交道的。」卡第拉諾跟在博士身後，「本來我們都是來開會的，現在會是開不成了，你要是發現了什麼魔怪馬上告訴我，沒我抓不到的……」

在卡第拉諾嘮嘮叨叨的話語中，博士終於下了樓。迎面碰上維拉尼，他那隻短毛黃貓跟在他後面，他走得很快，幾乎是飄着上樓的，並沒和博士打招呼。

這個維拉尼倒是很神秘，前些天博士聽菲力浦説那隻貓是隻真正的貓。博士知道，有些魔法師的確能馴養出會説話甚至會一些魔法的寵物。

　　博士邊走邊想，不覺已來到305房間，一推開門，海倫立即迎了上來。

　　「博士，你可回來了……」

　　「怎麼了？有什麼事情嗎？」

　　「那個維拉尼來過了，我看他不像什麼好人……」本傑明也湊上來說，他的神情有些緊張。

　　「到底怎麼回事，慢慢說。」

「我來説。」海倫看看本傑明又看看博士，「你走沒多久，我們就看見維拉尼在窗外的草坪上轉悠，過了一會，我聽到敲門的聲音，我以為你回來了，一開門卻看見是維拉尼站在門口，我問他幹什麼，他説想進房間看看，那隻叫莎拉的貓不知道從哪裏一下竄了進來，維拉尼好像要把貓放進我們的房間，我和本傑明擋在門口就是不讓進，保羅要咬那貓，維拉尼只好冷笑着走了。」

「要是敢進來我就咬她！」保羅在一邊補充道。

「放貓進來？」博士疑惑地説。

「鬼鬼祟祟，真沒有禮貌。」本傑明脱口而出，「劍橋的畢業生都是這樣的？」

「本傑明！」海倫一下就把聲音提高了八度，「你挑釁也不看看時候⋯⋯」

「噢，海倫和他不一樣，維拉尼是劍橋畢業的異類⋯⋯」本傑明也覺得自己在這個時候攻擊劍橋不大合適，都是自己已經養成了習慣，説到劍橋就不會有好話出來。

博士這次沒有制止他倆，兩個助手也沒有進行爭吵，兩校之爭暫停。

「這個維拉尼……哼……那天晚上他一直在和院長談着修訂《魔典》的事情，我對他的感覺很不好。」本傑明的話題又轉到了維拉尼身上。

「嗯。」博士微微點點頭，「對這個維拉尼確實要關注，不光是他，現在對誰的嫌疑都不能排除。」

「噢，對了。」本傑明突然想起來什麼事情，「博士，維拉尼走了一會院長就來了，他叫你回來之後馬上去找他。」

「他找我？」博士説着向門口走去，「我現在就去。」

博士來到院長辦公的302房門外，敲了敲門。

「請進。」院長在裏面説。

博士進門後，就看見院長正坐在辦公桌後面，對着一面大鏡子用梳子在整理頭髮。

「你坐下等一等，馬上好。」院長繼續整理着自己的頭髮。他的頭髮閃着光，好像用了些髮蠟。

博士找了張椅子坐下。環顧這間辦公室，院長的辦公桌放在中間，辦公桌後面是窗戶和一個能擺放東西的窗台，辦公桌右面有個書櫃，在房間兩側都各有一張長沙發，整個房間簡單而整潔。

院長整理好了頭髮，把那面鏡子放到身後的窗台上。

「博士，剛才魔法師聯合會發來了正式的通知。」院長說着從抽屜裏拿出一張紙。

一、同意《魔典》存放櫃鑰匙暫時由南森博士保存，直至新的看護員來到；

二、案件由南森博士全權負責，院長進行輔助；

三、《魔典》修訂會議暫停，所有與會者暫不能離開學院，等破案後會議再進行。

「感謝你們的信任。」博士看完通知後說，「不過看起來案子很棘手。」

「盡力而為吧。」院長說着站了起來，他下意識地轉身照照鏡子，整理了一下衣領，「現在是吃午飯的時

間，我下去把通知告訴其他魔法師，有人總想主持偵查這個案子，有了這個通知，你工作起來更方便一些。」

「謝謝。」博士連忙說，他知道院長說的是維拉尼。

說着話兩人來到了餐廳，博士他們進去的時候，卡第拉諾和利辛斯庫、克雷爾等人已經在餐廳裏了。又過了幾分鐘，馬拉其、希爾達帶着各自的助手也到了，隨後進來的是抱着貓的維拉尼，以及菲力浦和布蘭頓。

看到人都來齊了，院長整整衣服並拍了拍手，房間裏頓時安靜了下來。

「各位中午好。」院長說，「有些事情我想和大家說一下。」

人們都看着院長。

「眾所周知，昨晚我們這裏發生了兩宗襲擊事件，一名忠於職守的看護員不幸殉職。」說到這裏院長的語氣變得很悲傷，「《魔典》重修的會議也不可能如期進行了，剛才魔法師聯合會發來了正式通知……」

院長鄭重宣布了聯合會發來的通知，大家都認真地聽着。維拉尼表情嚴肅，不過看不出他有什麼異樣的情緒。

「你是説我們要留在這裏一段時間嗎？」希爾達問。

「是的。」院長點點頭，「我相信南森博士會很快找到那個兇手，會議也能很快進行。」

「我一定努力，希望大家支持我。」博士説着，站起來看看大家。

「我們相信你。」卡第拉諾對博士説，他的聲音很大，「案子就應該交給你來處理。」

説完他用眼角看看維拉尼，維拉尼仍然表情嚴肅，默不作聲。那隻叫莎拉的短毛黃貓正在維拉尼腳下吃着盤子裏的肉。

「大家開始用餐吧。」院長説完伸手請博士坐下，自己也坐到位子上，「我很喜歡和大家在一起吃飯，不是誰每天都能和七個頂級魔法師一起吃飯的，健力士機構的人估計要來記錄了。」

院長的話使得這裏的氣氛一下活躍了很多，大家紛紛開始進餐。

博士這次坐在菲力浦身邊，他看了看對面的維拉尼，對於今天維拉尼的造訪，博士感到很不開心。這個維拉尼什麼事都我行我素，根本無視他人的存在，博士

決定和他談談。

博士正想説話，突然看到維拉尼旁邊坐着的希爾達面前的湯碗裏，濺起一滴極小的水珠。好像是有什麼東西落到了她的湯裏。希爾達女士此時正笑瞇瞇地看着維拉尼那隻在吃飯的貓，根本沒有注意面前這個絕對不容易察覺的事情。博士下意識地抬頭一看，看到天花板上有一個黑色的物體在快速移動着。

「別喝湯，希爾達女士！」可是希爾達的目光此時從那隻貓上抽了回來，她正把一小勺湯往嘴裏送，博士衝過去一把打飛了勺子，但是已經晚了，希爾達已經喝了一小口。

「啊！」希爾達驚叫一聲，疑惑地看着博士，她還沒明白為什麼，就一下栽倒在地上。維拉尼的貓被嚇了一跳，馬上跑開。

與此同時，院長也發現了天花板上的黑色移動物。院長立即一揮手，一條帶着亮尾的閃光射出，準確對着那個移動物，就在快擊中時，那個東西猛地一躲，逃過了攻擊。但是緊跟着院長射出了第二道閃光，「啪」的一聲，移動物沒來得及躲開，一下就從天花板上掉了下來。

此時用餐的人都已經驚呆了，誰也不知道到底發生了什麼事情。

「馬上停止用餐！」博士大喊，他蹲下去扶起希爾達，「有人投毒，不要用餐！」

「有人投毒？！」卡第拉諾說着跳了起來，「在哪？」

「夫人，夫人！」希爾達的助手安娜蹲在她身邊，急切地呼喚。

第六章　毒蜘蛛

「希爾達女士！」博士喊着希爾達的名字，看她沒有任何反應，急忙從自己的口袋裏掏出一瓶急救水，給她灌了下去。

「夫人她沒事吧？」安娜連忙問道。

「應該沒事，她喝的湯少，而且在中毒後五分鐘內就喝了這急救水。」博士把急救水的瓶子給安娜看。

「嚇死我了，謝謝你！」安娜感激地看着博士。

「我們把她放到椅子上，一會她就能醒了。」

博士說着扶起希爾達，維拉尼、克雷爾和利辛斯庫馬上過來幫忙，大家一起把希爾達抬到靠窗的沙發那裏。這時，忽然從窗外吹來一陣很大的風，博士連忙把窗戶關上了。

「吃飯前這窗好像是關着的。」博士自言自語。

「是我開的，吃飯時我有點熱。」利辛斯庫說。

「噢……」

「博士，你來看。」院長招呼着博士，此時他把那

個被擊落的移動物拿在手上。

　　所有人都跟着博士來到院長身邊，只見院長手上有一隻比硬幣略大、被燒焦了的蜘蛛，蜘蛛的腿差不多都已經燒焦炭化了。

　　「用蜘蛛投毒。」克雷爾驚叫起來，「這是魔怪和巫師常用的手段，我以前捉過一個魔怪，他就懂訓練毒蜘蛛投毒。」

　　「還有訓練飛鳥投毒的。」馬拉其接着説，「不過據經驗所知，操縱者現在肯定已經跑了。」

　　「可惜燒焦了，否則從這隻蜘蛛上或者能找到些有用的線索。」院長不無遺憾地搖搖頭，「這是一種劇毒蜘蛛，牠居然躲過了我的第一次攻擊，顯然受過訓練，而且還有點魔力。」

　　「從上向下滴毒，」博士輕輕用指尖碰碰這隻被擊斃的毒蜘蛛，「這個招數確實狠毒……」

「菲力浦教授，你和布蘭頓教授去問問剛才有什麼可疑的人在附近走動。」院長吩咐道。

兩位教授一起向門外走去。

「有誰想毒害希爾達女士呢？」博士抬頭看看剛才毒蜘蛛爬行的地方，隨後，博士的目光落到了希爾達剛才坐的位置上。

「快來呀，夫人醒了。」安娜在沙發旁邊叫了起來。

「好的。」博士連忙跑了過去。

「剛才怎麼了？」希爾達原本靠在沙發上，這時她慢慢坐了起來，「好像博士打飛了我的勺子。」

「你中毒了，夫人，博士救了你……」安娜將剛才發生的事情簡要地告訴了希爾達。

聽完安娜的話，希爾達臉色大變，她捂住了自己的嘴。

「有人想害我？我、我可沒得罪過誰呀。」希爾達有點緊張，「不會是我三個月前捉住的那隻水妖，牠追到英國來了？可是牠早就化成水了呀！」

「不要亂想了。」院長安慰她，「在我們學院，沒有誰能傷害得了你。」

「夫人，不要怕，有大家在呢。」安娜也安慰道。

「我不是害怕，我也是魔法師，和魔怪打交道也不止一次了。」希爾達皺着眉説，「我是弄不明白誰和我有這麼大的仇恨呀？我從來不得罪人，怎麼被人追殺到英國來了……」

正在此時，菲力浦和布蘭頓走了進來。

「院長。」菲力浦一進來就説，「我們問過幾個在附近打籃球的學生，他們説剛才這附近沒有來過什麼可疑的人。」

「好的，謝謝！」院長點點頭，然後他提高了聲音，「大家注意，以後大家進餐請使用驗毒餐具，我馬上叫人送過來。」

驗毒餐具遇到毒物會發出強烈的震動，從而通知用餐者小心進食，這種餐具對任何毒物都會產生反應，不過太笨重，使用起來很彆扭，除非特殊情況，否則沒有人願意使用它。

「希爾達女士，你現在感覺怎樣？」博士關切地問。

「還好，就是頭還有點暈，沒什麼力氣。」希爾達有氣無力地説。

　　「不用太緊張，你只喝了一小口帶毒汁的湯。」博士笑着説，「過兩天就好了，你還需要服用一些急救水，放心吧。」

　　説着，博士從口袋裏掏出一小瓶急救水，把它遞給希爾達的助手安娜。

　　「明天早上和後天早上各服一半，就完全好了，剛才喝下的急救水已經化解了你身體裏的毒素，這些急救水能幫你把毒素殘渣排出體外。」

　　「太好了。」希爾達的臉上終於露出了笑容，「真不知道該怎麼感謝你。」

　　希爾達從安娜的手中拿過那瓶急救水，輕輕地搖了搖。

　　「以前聽説過這種神奇的藥水。」希爾達拿着急救水的手似乎都不想鬆開了，「比我配製的那種搶救粉可好用多了，真是太感謝了！」

　　又過了一會，有人送來了可以驗毒的餐具，大家用這種笨重的餐具「艱難」地吃了午飯，一想到以後要一直使用這種餐具吃飯，大家都感到無奈，看來一切只能等到博士抓獲那個兇手後，才能恢復正常。

　　這頓飯博士吃得也不舒服，不僅僅是因為換了笨重

的餐具，更多的是他感到一種巨大的壓力。這段時間兇手如影隨形，先是湯尼遇害，接着自己遭到偷襲，然後就是剛剛發生的希爾達中毒事件。

大家都離開後，博士仍然留在那裏盯着天花板看，他對希爾達這次的中毒事件充滿疑惑。

「博士，還在想剛才那件事情？」身後傳來一個聲音。

博士猛地回過神來，看到是院長在他身邊，原來院長也一直留在這裏。

「我總在思考一個問題。」博士對院長説道，「正如希爾達女士所説的，她從來不得罪人，為什麼有人要毒死她呢？我敢確定，不大可能有什麼魔怪從阿根廷追到英國來謀害她，而且選擇在伏魔學院行兇。」

「是的。」

「希爾達女士沒有負責看護《魔典》的工作，不大會影響襲擊者盜取《魔典》，可她為什麼會被投毒呢？」博士思索着，「那麼有一種可能：剛才投毒者的目標並不是希爾達！」

「嗯，我看希爾達女士被投毒這個事件不會是個別的事件。」院長點點頭，「這和湯尼遇害應該是同一夥

人或者同一魔怪所為。」

「所以我認為……」博士看着院長説道，「毒蜘蛛想謀害的也許是你……當然，這僅僅是我的推斷。」

「是我？」院長有些吃驚，他用手指指自己。

「你來看。」博士指着剛才院長吃飯時坐的位置，「你坐在這裏，希爾達女士坐在你的右手邊，毒蜘蛛是從你們的頭頂上往下滴毒液。」

「是的。」院長看看天花板，又看看自己坐過的座位。

「毒蜘蛛本身和你不會有什麼仇恨，牠可能是被某個人或者魔怪所操縱。」博士繼續説道，「他謀殺你本來是可以得逞的，但是因為一個偶然的因素使得受害者變成了希爾達。」

「偶然因素？」院長皺皺眉頭。

博士走到沙發那裏，用手一把推開了窗戶，一股很大的風一下就吹了進來。

「你看，這扇窗戶在你的左側，本來它是關着的，可是利辛斯庫在吃飯的時候覺得熱，跑過來打開了窗戶。」博士説，「風是足以吹偏毒蜘蛛滴下的那顆微小的毒汁的！」

「你是説毒汁被風吹到了希爾達女士的湯碗裏？」

「是的，這是那個操縱者沒有想到的。」博士繼續説，「當然，這完全是個巧合，如果毒汁落到桌子上，希爾達就不會中毒了，不過那隻毒蜘蛛可能會繼續投毒。」

院長沒有説話，陷入了深思之中。房間裏異常寂靜，兩人都在思考着問題。

「南森博士。」院長終於開了口，「你的假設我認為可能性確實存在，但究竟是誰這麼想置我於死地呢？」

「也許你自己不覺得得罪過誰。」博士説着從沙發上站了起來，「這一點還要你仔細想一想，看看這些年有沒有開罪過誰……還有種可能就是你阻礙了那個襲擊者偷取《魔典》。」

「嗯……有道理。」院長點點頭。

「我們先回去吧，有了驗毒餐具，再被投毒是不可能了。」

兩個人一起回到了法術研究所，然後各自走向自己的房間。

「怎麼樣，這裏沒什麼事情吧？」博士一進門

就問。

「沒事。」海倫馬上説，「這層樓進進出出的人不少，那個傢伙可能不敢來了。」

「有我倆還有保羅，怎麼也能對付一會，不怕他。」本傑明嘴上雖這麼説，可是他並不希望襲擊者再次前來偷襲。

博士把剛才發生的事情告訴了幾個助手。「啊！」海倫驚愕地叫了出來。

「博士，」本傑明擔憂地説道，「你説晚上那個傢伙還會來嗎？」

「這個我也不能肯定，但是我們一定要做好再次被偷襲的防範。」

「我、我……」本傑明説話有點結巴了，「我是説你現在有點線索了嗎？」

「沒有。」博士直截了當地説，「是外來的魔怪還是學院內部人員作案，我現在還無法下定論，都缺乏有力線索，前兩次偷襲都沒有留下任何有用線索，今天中午那隻毒蜘蛛也是被遙控指揮的……」

「遙控指揮？」海倫問道。

「有些魔怪可以將一些小動物訓練得具有一定的魔

力，這些小動物完全受控於魔怪，毒蜘蛛投毒就屬於這種情況。」博士解釋説，「遙控者可以躲在幾百米外，甚至可以只派出所訓練的小動物單獨外出作案……當然，不單是魔怪會這種手段，一些巫師也會。」

「真是太可怕了。」

「這種手段經常用來對付法力高的人。」博士繼續解釋，「如院長，魔怪和他正面交鋒肯定很難得勝，背後搞點小動作往往『收效巨大』。」

「對了，那個維拉尼！」本傑明突然想起了什麼，「我總是覺得他鬼鬼祟祟，剛才我和海倫還在説他呢。海倫還給她在劍橋的同學打了電話，據了解維拉尼在學校上學時古裏古怪，特別愛出風頭，爭強好勝，心胸比較狹窄，他好幾次和同學打架，差點被開除，這樣一個人不知怎麼在巴黎變成了一個資深魔法師了，在歐洲大陸也有些名氣……」

「你們也沒有閒着呀。」博士一下笑了起來，「摸清了維拉尼的底細也好。他確實喜歡獨斷專行，看上去不大正派，有機會我要和他談談，大家小心點……」

博士看着窗外被風吹得來回搖晃的樹枝，又陷入沉思。

第七章　浮動的尾巴

整個下午博士沒有再出去調查。快到傍晚的時候，院長把博士叫到了自己的房間。

「南森博士，我仔細想過了，這些年我在處理學校的事務上也許得罪了一些人，他們可能會積怨，但是應該不到被報復、投毒謀害的程度。」博士剛坐下，院長就對他說。

「我的直覺是，你可能成為那個躲在暗處的傢伙盜取《魔典》的障礙。」博士下午也思考了這個問題。

「很有可能，但是如果是這樣的話，我不知道為什麼直到今天我才遭到暗害。」院長聳聳肩膀，「我當院長好多年了，處在我這個位置上肯定要極力保護《魔典》的……對了，現在學院裏有些對你們不利的傳言。」

「這我明白，因為這一切事件都是我們這些人到達以後才發生的。」博士説話直截了當，「有人懷疑我們這些來開會的人當中，某個人就是襲擊者……這可以

理解。」

「太感謝你了。」院長馬上说，「下午學校的幾個負責人找我，談了一些師生中不利於你們的傳言。博士，我和學校的幾個負責人對你是非常信任的……我也不相信你們中間哪個人就是兇手。」院長说。

「嗯，根據我的調查，沒有發現前來參加會議的任何一個魔法師有嫌疑，至少目前是這樣的。」博士推推眼鏡，「我知道你有壓力，請再給我一些時間。」

「好的，我們會全力支持你。」院長鄭重地看着博士，「對了，你覺得這會不會是什麼魔力極高的魔怪前來作案呢？多少年來我們學院一直斬妖除魔得罪了不少魔怪。」

「這個……也不能排除。」

「讓你費心了！」院長说。

「這是我的工作。」博士说着站了起來，忽然他詭秘地笑了笑，「噢，今天晚上那個傢伙也許還來光顧呢。」

「那我就恭候着他吧。」院長也笑了起來。

博士回到305房間，他讓海倫和本傑明到樓下去吃晚餐，自己留在房間裏。黃昏時，博士也不禁有些緊

張，那個襲擊者兩次武力偷襲都選擇在夜晚，對面房間的幾個魔法師已經下班走了，博士當然要親自守衛這個房間。

本傑明和海倫吃完飯回來了。海倫說使用驗毒餐具她一點食慾都沒有，本傑明則說晚餐吃得很沉悶，大家已經沒有了前幾天吃飯時那種輕鬆氣氛，一個個悶頭進餐，誰都不理誰。

「博士，希爾達女士的助手安娜悄悄告訴我，學校裏已經開始流傳說殺害湯尼的人，就是來參加會議的魔法師中的一個。」海倫極不高興，「真的，晚上我看那幾個送餐的人看我們的眼神都不對，那個布蘭頓教授好像還要和我們保持距離似的……」

「這是難免的。」博士陰沉着臉，「案子不破，流言是不會平息的。」

時間已經很晚了，本傑明和海倫在305房間裏待了一會，分別回到自己的房間。

對《魔典》的防護不可謂不嚴密，但不知道那個襲擊者晚上是否還會再來進行偷襲。

晚上值班的任務落在保羅身上，博士睡覺後保羅索性躺到那堵假牆的牆根下，等待着襲擊者的到來。

　　房間裏已經撒了顯形粉，無論是魔怪還是有魔法的人，即使他隱身而來也會立即顯形，能夠破解掉顯形粉功效的魔怪或者是魔法師畢竟極少，有了顯形粉和保羅，等於上了雙保險。

　　午夜時分，窗外的樹枝被風吹得直搖擺，保羅看看外面的樹，無精打采地眨了眨眼睛。就在這時，忽然有一根毛絨絨的東西在假牆前面飄動着，保羅頓時瞪大了眼睛。的確，是一根毛絨絨的東西在飄動着，它正向大門移動，保羅真是不敢相信自己的眼睛。

　　「哪裏跑？」保羅大喊一聲追了上去。

　　博士一下就被驚醒了，他起身的時候碰倒了一杯水，水一下就灑在牀邊的電路插頭上，「轟」的一聲，電線短路了。博士這時顧不上這些，他站起身準備投入戰鬥。這時，保羅一個箭步跳過去，壓住了那根毛絨絨的東西，不過那東西掙脫了保羅的爪子，一下隱沒在門外。博士大喊一聲拉開了大門，保羅一下就跑了出去，博士也跟在後面。

　　保羅顯然聞到了那個東西的氣味，外面雖然空蕩蕩不見蹤影，但是保羅仍然目標明確地追了上去。他一下按住了什麼東西，張嘴就咬，博士飛身跳了出去。

「顯形粉！」博士説着使勁撒出一把顯形粉，接着又是一把。

海倫和本傑明聽到動靜，也衝了過來。

兩把顯形粉飛出，一個物體一下就顯現出來。

「莎拉？」博士叫了起來。

被保羅壓着的正是那隻叫莎拉的短毛黃貓，保羅對着莎拉的喉嚨就咬下去。

「啪——」的一聲，保羅一下被什麼東西彈了起來。這時，眼前突然出現維拉尼的身影，是他對保羅下的手，他接着對準保羅的腹部飛起一腳。博士看維拉尼出手狠毒，趕緊揮掌擋開。維拉尼立即閃開，莎拉急忙竄到維拉尼身後躲了起來，後面跟來的本傑明和海倫這時衝上去合攻維拉尼。

「轟——」的一聲，維拉尼一下就摔倒在地上，他剛掙扎着爬起來，一把短劍已經直逼他的喉嚨。原來院長從背後擊倒了維拉尼，此時用短劍逼住了他。維拉尼乾脆一動不動，眼睛裏充滿了不屑。

「怎麼回事？」院長問。

「莎拉隱身進了305房間，不過尾巴露了出來，被保羅發現了。」博士説道。

「果然是你這個傢伙！」海倫瞪着維拉尼，「你殺害湯尼企圖偷《魔典》……」

「我沒有！」維拉尼大聲説。

「那你解釋一下吧。」院長放下了短劍，「這麼晚了來這裏，還隱身，你想幹什麼？」

「我……我是來破案的……」維拉尼咬了咬嘴唇。

「你來破案？」大家都吃了一驚。

「莎拉能聞出隱形了的魔怪的味道，我是讓莎拉來幫助偵查的。」維拉尼

理直氣壯地説，好像他自己受了什麼委屈，「白天我們來了，你們不讓進，剛才我只好讓莎拉隱形進來！」

「白天你怎麼不説明情況？」海倫立刻反問。

「我不想説，我有我的辦事方式。」維拉尼説，「我就是想自己辦這個案子，沒想到你們放了顯形粉。你們剛才都看見了，我可沒有進305房間，我只在外面等着莎拉，憑什麼説我偷《魔典》？」

「我聞了聞味道就出門了，快出門的時候被機械狗發現了。」莎拉從維拉尼身後露出個腦袋，開口説了話，這是大家第一次聽到她開口，「我除了聞一聞味道什麼也沒做，機械狗，你説呢？」

「啊……這個……」保羅一時語塞。

「莎拉，你聞到什麼沒有？」博士突然問莎拉。

莎拉從維拉尼身後走了出來，她搖了搖頭。

「看，什麼也沒有聞到，你們在狡辯。」海倫不依不饒。

「你既然説莎拉可以聞到魔怪的味道，昨晚你帶她來不是更好嗎？」院長衝海倫擺擺手，話題一轉。

「莎拉昨晚不在，她去利物浦看她姨媽了，她姨媽住在利物浦一位魔法師家裏。」維拉尼挺起胸脯説，

「我以貴族的名譽起誓，我不是兇手。」

「維拉尼先生。」博士突然說道，「你能不能把兩隻手伸出來給我看看？」

「伸手？」維拉尼一臉疑惑，不過他還是緩緩地伸出了。

博士為什麼要看維拉尼的雙手呢？

博士一把抓住他的一雙手，盯着看了一會，然後鬆開了那兩隻手。

「維拉尼先生，你應該考慮一下自己的辦事方式了。」博士嚴肅看着維拉尼，「你走吧，不要再打攪我破案了。」

維拉尼好像還要説什麼，但最終沒有説出口，他整理了一下衣領，帶着莎拉走了，院長也沒有阻攔。

「博士，怎麼放他走了？」本傑明急着問。

「他肯定不是昨晚闖進來的那個傢伙。」博士解釋道，「使用虹吸術的人，他的中指靠手心的指根部會有一個黃豆大小的微微凸起，虹吸針管就從那個凸起的地方探出來，維拉尼的雙手中指指根都很正常……再説他剛才確實沒有進屋……」

「萬一他有同夥呢？」本傑明又問。

「我説了，我們沒有證據。」博士打斷了本傑明的話。

「應該不會是維拉尼。」院長走近博士，「明知我們一定有防範還前來偷《魔典》，這不是真兇所為，這個維拉尼只不過喜歡表現自己，總想着自己破案……」

「是的。」博士微微點了點頭，「院長，時間不

早，你回去休息吧。」

第二天上午，博士出去了一小會。他出去的時候，維修部的尼克來修好了電路。博士先是去找院長，接着去找菲力浦和布蘭頓談話。下午博士沒有再出去。

一天平安無事，有了驗毒餐具任何投毒計劃都不再能夠得逞。院長還給了每個與會者一個查毒球，這種沉甸甸的小球被要求放到大家的水杯中，不過卡第拉諾等幾個人沒有按照院長的要求去做。

又過了一天，博士仍然沒有什麼新發現。這天博士仍是上午外出了一會，之後回到房間一言不發，獨自思考着什麼。

當晚，本傑明睡不着，他覺得那個襲擊者可能已經離開了校園，因為自從希爾達中毒事件之後，再沒有發生案件。跟本傑明有同樣想法的人還有幾個，卡第拉諾

和利辛斯庫、馬拉其等魔法師也覺得由於防範太嚴，那個襲擊者可能已經放棄了再次偷取《魔典》的想法。

同樣的想法甚至在院長的腦子裏也幾次閃過，他認為如果襲擊者放棄了罪惡計劃，博士很可能就無法破案。下一步工作該怎麼展開，這是必須要思考的，畢竟修訂《魔典》是個大事，自己也面臨退休，很多事情等着處理。

希爾達中毒事件後的第三天早上，本傑明醒得比平時早，起牀後先到305房間「報到」。本傑明一進房間就看見保羅的後背上升起一塊顯示屏，博士和海倫正在看那天案發現場的錄影。本傑明也湊了上去，屏幕上可憐的湯尼趴在地上，血跡斑斑。

「有什麼發現？」本傑明問，「昨天好像看過一遍了。」

「再看看。」博士眼睛依然盯着那塊顯示屏，聚精會神。

整個早上，博士翻來覆去地看着這段錄影，本傑明和海倫在一邊無所事事，打起了瞌睡。

正在這時，有人敲門，本傑明連忙去開門。

「飲水機的製熱功能時好時壞，可能是開關接觸問

題。」本傑明邊開門邊説，「我叫他們維修部的尼克來修一修。博士，這兩天你喝的都是冷水呀……」

「噢，我倒是沒注意，天還很熱，喝冷水也行。」

「你要注意身體。」本傑明打開了門。

「本傑明先生。」一個身穿工作服的年輕男子背着工具箱走了進來，他笑嘻嘻地説道，「小偵探……」

「哈，你是大偵探南森博士吧？我在報紙上看過你的照片……見到你很高興。」尼克衝着博士彎彎腰，臉上掛滿了微笑。

「哦，尼克先生……謝謝你，給你添麻煩了。」博士客氣地説。

「這是我應該做的。」尼克眉開眼笑地説。

「哦，尼克，那天晚上打電話給菲力浦教授的就是你吧。」博士想起了什麼，隨口説道，「案發時你不知道研究所出事了嗎？菲力浦教授好像是中斷了和你的談話才跑上樓的，他説在此之前一直在和你通話……」

「沒有的事。」尼克搖搖頭，「我和他只説了兩句話就掛了電話，可能連半分鐘都不到……」

「什麼？」博士突然站了起來，臉色大變。

這時，電話響了。

「博士，是希爾達女士找你。」本傑明接電話後對博士説。

博士接過電話，裏面傳來希爾達的聲音。

「南森博士，非常不好意思，那種急救水還有沒有？你給我的都用完了，我還是有點不舒服……」

「急救水我還有，我給你拿去……」博士爽快地説，「我正好還有事要找你，我馬上過來。」

博士放下電話後，急忙找出兩瓶急救水，放進口袋。

「尼克先生，我出去一下，失陪了。」博士急匆匆地對幾個助手説，「你們看好這裏。噢，保羅，錄影先不看了，收起來吧。」

博士説完就出了房間，他快步向希爾達住的法術實踐所走去，剛進大門，就看到卡第拉諾氣呼呼地迎面走了過來。

「博士，看見維拉尼了嗎？」卡第拉諾問。

「沒有。」

卡第拉諾點點頭向外跑去，博士不知道他為什麼生氣。博士急匆匆地來到電梯口時，正好有一部電梯到達。電梯門一開，馬拉其和利辛斯庫飛快地從電梯裏跑

了出來，看見博士也沒有打招呼。

　　「這是怎麼了？」博士看着兩人的背影心裏暗想。

　　博士來到了五樓希爾達住的房間，安娜給博士開了門。

第八章　真兇顯現

「啊，太感謝了！」希爾達一見博士進來就站了起來，她顯得非常高興，「你真是一個豪爽的紳士，這麼寶貴的急救水你也不會有很多的……對了，你先説找我有什麼事？」

「啊，是這樣的，你還記得湯尼遇害那晚，菲力浦教授接了個電話，他的通話時間長嗎？你當時坐的位置好像面對着他。」博士問。

「啊？」希爾達瞪大了眼睛，「好像……好像很長吧……」

「我還聽説你以前就認識他，是嗎？」博士在這幾天進行調查的過程中，無意中聽馬拉其説過，維拉尼和卡第拉諾以前認識，希爾達和菲力浦以前也認識。

「對呀，他到布宜諾斯艾利斯的魔法師聯合會講過學。」希爾達説，「聯合會的理事長請他吃飯，我也去了，那是十幾年前的事情了。」

「噢……」博士點點頭，同時把兩瓶急救水掏出來

交給希爾達，「你現在感覺怎麼樣，用完這兩瓶應該就全好了。」

「太謝謝了，我身體其實好了，我擔心的是，毒素殘渣可能沒全部排淨。」希爾達說着從櫃子上拿來一面鏡子照着自己，「這兩天我臉上好像有黑斑，肯定是那毒素的原因，你看是吧？博士。」

「啊，還好，我看不出有什麼黑斑……」

「你不用安慰我，不信你看看。」希爾達突然對鏡子拍了拍手，「魔鏡魔鏡說說看，五天前我是什麼樣？」

博士沒有看出這鏡子居然是面「魔鏡」。突然，他看到鏡子裏希爾達的身後，安娜在走動，可這個時候安娜明明在博士的後面沒有走動，還有就是鏡子裏的希爾達穿的是一件粉紅色的衣服，眼前的希爾達穿的卻是件草綠色的衣服。

「這是五天前的我，那時我還沒有中毒。」希爾達指着鏡子裏的自己，鏡子裏的希爾達沒有照出她現在的動作，而是她正在整理頭髮，「看看，那個時候我臉上沒有黑斑吧。」

「這、這就是魔鏡？」博士讚歎道，「以前沒見

104

過。」

「這是布宜諾斯艾利斯魔法師用具有限公司一百年前的產品。」希爾達介紹説，「它類似於錄影機，能保存三年內你對着鏡子時的所有樣子，並且能隨時調出來觀看，就像放錄影帶一樣，也可以只當普通鏡子用……魔鏡確實不常見，這是我在我們那裏的魔法用具舊貨市場買到的。」

「在英國可沒見過這種東西。」博士緩緩地説。

博士把那面魔鏡拿在手裏，仔細看着。他面對着鏡子，但是鏡子裏仍然是希爾達在整理頭髮，而安娜已走開了，看着這面鏡子真有點像是在看錄影。

「你如果喜歡，等我回去後給你買一面。」希爾達看着博士笑了起來，「這面鏡子都是我的影像，否則現在就送給你了。」

「舊貨市場肯定還有的。」安娜在博士身後説，「肯定能再找到。」

博士沒有説話，他拿着鏡子一動不動地陷入沉思。

「博士、博士。」希爾達小聲叫道，她一臉不解地看着博士，又看看安娜。

「噢，對不起。」博士突然像是一下回過神來，「希爾達女士，菲力浦教授去阿根廷的時候有沒有買過這麼一面鏡子？」

「這個我不知道。」希爾達皺皺眉頭，「不過那次吃飯時，聽理事長説要帶菲力浦去逛舊貨市場……」

「你幫我問問理事長好嗎？確認一下菲力浦有沒有買到魔鏡。」博士的臉色透出一絲興奮。

「沒問題。我馬上打個電話，問一下理事長。」希爾達説。

「太感謝了！」

希爾達拿起了電話，撥了號碼。博士就在希爾達的旁邊聽着通話，沒等希爾達放下電話，博士就知道菲力浦買了一面魔鏡。

「他買了魔鏡……」希爾達放下電話說，「博士，你怎麼走了？」

博士連招呼也不打，他急急忙忙跑到電梯口，坐電梯去一樓。

到了一樓，博士直衝向105房間，那裏是菲力浦的辦公室。博士沒敲門，而是一把推開房門，發現菲力浦不在裏面。博士馬上向外跑去，剛剛跑出大樓，就看見法術實踐所前的空地上圍着很多人。

原來維拉尼和卡第拉諾正打作一團，打鬥中兩人都使用了魔法。「噹、噹」的兩聲巨響，兩人的手臂相交發出巨大的金屬撞擊聲。利辛斯庫等幾個魔法師曾經努力想把他們分開，兩人拚命地想掙脫這些魔法師。院長也跑了過來，他站在兩人中間嘴裏喊着什麼。

這時維拉尼的貓正怒視着卡第拉諾，並圍着他轉來轉去，好像在找攻擊部位。

「你們都不要攔着我！」卡第拉諾的臉漲得通紅，

「今天我一定要殺了他！他自己半夜跑到305房間門口不幹好事……」

顯然，卡第拉諾也知道了維拉尼夜晚偷窺305房間的事情了。

「你這個瘋子，我就是去了，來呀，看誰殺誰？」維拉尼也很生氣，他衝着對手狂喊着。

「別打了！聯合會規定魔法師之間不能決鬥的！」馬拉其在一邊喊道。

「即使聯合會要減去我全部法力也不在乎，我非殺了他不可……」

「這是怎麼了？」博士跑了過去，「你們怎麼又打起來了？」

「我剛走到這裏這個瘋子上來就打我，說總算找到我了，一定要殺了我。」維拉尼喊道，「我也不知道他為什麼要攻擊我。」

「你還裝什麼傻？！」卡第拉諾跟着喊起來，「你不是把報告都交上去了嗎？」

「報告？！」維拉尼一下愣了，「什麼報告？」

「裝得真像呀。」卡第拉諾指着維拉尼，「你不是寫好了報告說我是兇手，還請魔法師聯合會的人來抓我

嗎？」

「我？」維拉尼指着自己，「你説我寫了報告？你不是在做夢吧？我什麼時候寫過這種報告？」

「有人看見你寫了！」卡第拉諾理直氣壯。

「誰看見了？」

卡第拉諾沒有説話。

「就是，誰看見了？」剛剛衝到這裏的院長嚴肅地看着卡第拉諾，「快説呀！」

「我、我……」卡第拉諾結結巴巴的。

「説不出來了吧。」維拉尼喊道，「他就是在挑釁！」

「是、是菲力浦教授告訴我的。」卡第拉諾歪着脖子説，「他還説他原本不打算告訴我的，他是覺得我無辜才……」

「菲力浦！」博士突然大叫一聲，魔法師們都被嚇了一跳，「他在哪？誰看見他了？」

「他去找你了呀。」院長用不解的眼神看着博士，「他跑到我的辦公室，説維拉尼和卡第拉諾在決鬥，誰都拉不開，他説他先來告訴我，然後再去告訴你，讓我們出手阻攔。」

「我不在房間裏呀！再説他也可以直接打電話告訴我，不用親自過去的！」博士意識到情況不妙，拉了院長一把，「不好，院長，快跟我走。」

「去哪？」

「法術研究所。」博士回頭説，他看了看卡第拉諾和維拉尼，沒好氣地説，「你們也跟我來！」

博士説着就向法術研究所跑去，院長跟在他後面。那些魔法師一下子不知道發生了什麼事，也都跟着跑過來。維拉尼和卡第拉諾站在原地沒有動，他倆互相對視了一下，隨後也跟着大家走。

　

海倫和本傑明在博士走了以後，一直待在房間裏。

過了一會，突然傳來敲門的聲音。

「這麼快就回來了。」海倫立即去開門。

門開了，進來的不是博士，而是菲力浦。

「海倫，南森博士不在？」菲力浦看了看屋裏然後走了進來，他一進房間就順手關上了門。

「出去了。」海倫説，「你找他有事？」

「當然。」菲力浦眨眨眼睛笑了笑。海倫突然覺得有些緊張，剛才博士走的時候叫他倆留意菲力浦，沒想

110

到這個傢伙找上門了。「你們來看這裏是什麼？」菲力浦說。

菲力浦伸出一個拳頭，拳頭握得緊緊的。海倫、本傑明還有保羅都詫異地看着。

「怎麼了？」大家齊聲問。

「從上而下全部僵直！」菲力浦打開拳頭，裏面什麼都沒有，與此同時，他唸出了一句口訣。

剎那間，海倫、本傑明、保羅一下就僵直不動了，菲力浦唸的是定身口訣。看到海倫等人被定了身，菲力浦冷笑着掏出一把鑰匙，他走到假牆前一拳就砸破了剛修補好沒幾天的那個牆洞，放《魔典》的櫃子一下就露了出來。

海倫雖然被定了身，意識並未被鎖定，她看着菲力浦，心急如焚但是毫無辦法，她根本發不出聲音來，誰能想到呢，學院咒語系的主任菲力浦教授居然幹出這種事來？

菲力浦拿出一把鑰匙，插進鎖孔，過了一會，隨着一陣「咔嗒咔嗒」的聲音，櫃子一下就開了，菲力浦激動得伸出顫抖的雙手，掏出裝《魔典》的木盒子，他拿出了那本《魔典》，隨手就把盒子扔到了地上。

「哈哈哈……」菲力浦拿着《魔典》得意地大笑起來，他看了看滿頭大汗的海倫，還朝海倫擠擠眼睛。

「咣！」突然間，房門被人從外面猛推開，只見博士和院長一起闖了進來。

菲力浦見到博士和院長，手一抖，《魔典》差點從手裏掉下來，他趕緊把它插在腰間。

「看看我們的系主任在幹什麼呢！」看到這一切，院長先開了口，他氣得渾身發抖。

「你終於又來了！」博士也怒視着菲力浦，突然他看到三個助手僵直不動，連忙想上前解救。

菲力浦離本傑明最近，他忽然一把抓過本傑明，用手卡在本傑明的脖子上，狠狠地瞪着博士。

「你們來得還挺快呀。」菲力浦冷笑一聲，「不要過來，否則這小子的腦袋立即搬家，喝上一噸急救水也沒用！」

「你不要亂來。」博士看見菲力浦挾持了本傑明，沒有再向前。

「你們後退！」菲力浦大聲喊道，「給我後退，否則……」

「好吧，我們後退。」

博士和院長退到了門口，兩人都有點緊張，不知道菲力浦會幹出什麼瘋狂的事，「你不要傷害他！」博士喊道。

菲力浦的手仍然卡着本傑明的脖子，他回頭看看窗外，咬了咬嘴唇。

「飛！」菲力浦突然唸了句口訣。

本傑明一下子像炮彈一樣飛出去砸向博士和院長，兩人連忙伸手接住，由於衝擊力太大，兩人一起向後倒下。

「穿窗落地！」菲力浦又唸了句口訣，只見他一下就穿過了身後那面窗戶，人過去了窗戶沒有一點破裂。菲力浦落到了地上後，拔腳就逃。

博士和院長連忙爬起，一起追到窗前時，菲力浦已經跑出很遠了。博士剛想追出去，一回頭看見身後助手們仍然被定了身，急忙對着三個助手揮了揮手。

「由上而下全身活動！」博士唸了句口訣。

三名助手一下就被解開了定身咒。接着，博士和院長也穿越那扇窗戶飛了出去，落地後兩人就向菲力浦逃竄的方向追去。

追出去不遠，衝在前面的院長就看見利辛斯庫等魔

法師已經將菲力浦團團圍住，原來這個傢伙剛逃離法術研究所不遠，就碰上往這邊趕來的魔法師們，看到他手拿《魔典》，大家都明白過來了，就把他圍在了中間。

「你們都給我後退！」菲力浦深陷重圍，仍然氣勢洶洶，「都給我後退！」

「我們一人一掌你就被劈成碎片了！」利辛斯庫握着拳頭走近菲力浦。

院長和博士此時也擠進了人羣，這個菲力浦現在是插翅難逃了，可是此時他一點都沒有害怕的樣子，他瞪着向他走近的利辛斯庫。

「大個子！滾開！」菲力浦用手指着《魔典》，冷笑了一聲，「我一句口訣就能把《魔典》化成灰了！你不信就再向前走呀！」

菲力浦確實狠毒，剛才挾持本傑明當人質，現在又威脅着要毀滅《魔典》，他當然知道，這是世界上唯一的一部《魔典》。

利辛斯庫顯然被他的舉動給嚇壞了，如果讓菲力浦毀掉了《魔典》，那整個魔法界將損失慘重，各種口訣失去標準將嚴重影響今後魔法師降妖除魔。利辛斯庫站住了。

「大個子！退後！聽不懂我的話嗎？」菲力浦見自己的手段見效了，很是得意，「你不想看見一堆廢紙屑吧？」

「利辛斯庫，回來。」院長在後面喊。

利辛斯庫聽到院長的話後，很不情願地退了回來。

就在這時，菲力浦對着自己身後的右側猛地一揮手，只聽「噹」的一聲，隨之一聲慘叫，克雷爾像是從空氣中冒出來的一樣，一下滾到了一邊，痛苦地呻吟着。

「哼，想偷襲我？」菲力浦輕蔑地看看克雷爾，「你還要練上幾年才行。」

原來，克雷爾唸了隱身口訣，悄悄繞到菲力浦身後，想從那裏乘他不注意發起攻擊，可惜剛前進了兩步就被識破並被打了回來。

維拉尼和卡第拉諾扶起摔在自己腳邊的克雷爾，好在看上去似乎傷得不重。

「誰再敢偷襲，我就毀掉《魔典》！」菲力浦威脅道，「全都給我後退！快！」

大家開始慢慢往後退，此時海倫和本傑明帶着保羅也趕了過來，看到大家全都往後退，兩人也不敢向

前了。

「退！接着退！」菲力浦狂吼着，他把《魔典》捧到胸前，做出快要唸毀滅口訣的樣子，他這個樣子和幾天前那個謙遜和藹的菲力浦教授判若兩人。

此時，人羣仍在後退。人越來越多了，一些路過的學生也加入人羣中，氣氛越來越緊張。

看着越來越多的人圍了過來，菲力浦有些着急，他看了看手上的《魔典》，忽然有了計策。

「我隨便找條毒咒就能殺光你們！」菲力浦嘴上說着兩眼只盯着《魔典》。

「你？」院長看着他的姿勢心裏一驚。

「哈資卡那努發西亞，莫達來莫！」菲力浦大聲唸出了口訣。

「你怎麼會口訣？」院長大驚失色，菲力浦唸得完全沒錯，這就是打開《魔典》的口訣。

第九章 《魔典》守衞者

《魔典》的封面一下就自動打開了，菲力浦急忙動手想翻到收錄毒咒的章節。眾魔法師一時不知所措。正在這時，書的封面一下又猛地自動合上了，菲力浦連忙把手一縮，嚇了一跳。

他看到封面上繪製的兩個身着古代武士裝束的小人一下活動起來，還開始了對話。

「你怎麼給他開了？口訣對，但人的模樣不對！」手持弓箭的小人說道。

「我不是關上了嗎？」手持寶劍和盾牌的小人說。

「喂！」兩個小人對菲力浦喊道，「你是哪任院長？沒見過你呀？」

「哎，多少年不動你腦子也僵掉了！」手持弓箭的小人衝他的同伴吼了起來，「他肯定不是什麼好人，砍他！」

菲力浦看着封面上兩個復活的小人目瞪口呆，兩個小人說話的聲音很大，魔法師們也聽到了，大家開始慢

慢地靠近菲力浦。

　　手持寶劍和盾牌的小人對着捧着《魔典》的菲力浦猛砍一劍。菲力浦慌忙一撒手，手指還是被劃破了，血一下流了出來，《魔典》也掉到了地上。

　　「敢摔我們！」兩個小人被震了一下，很是惱怒，其中手持弓箭的小人滿臉怒氣，張弓搭箭。

　　「嗖」的一聲，一枝飛箭直射向菲力浦的頸部。菲力浦一閃身，射中了肩膀，他痛得大叫一聲。

　　「圍攻他！」院長帶頭衝了上去，其他人也跟上。

　　看見大家衝了過來，菲力浦猛地把手一揚，口中默唸口訣，只見平地一下就颳起了一股狂風，狂風裏還捲着大量沙粒，迎面撲向衝過來的人們。

衝在最前面的院長和博士猝不及防，沙子吹進了眼睛裏，兩人捂住了雙眼。菲力浦借機一下就逃出很遠，但是魔法師們人數眾多，利辛斯庫邁着大步子衝了上去，在他身後是維拉尼和卡第拉諾，海倫和本傑明也跟在他們後面。特別引人注目的是，短毛黃貓莎拉和保羅更是快人一步地超過了利辛斯庫，快速接近了菲力浦。

莎拉飛奔時腳根本就沒有沾到地面，她簡直是在飛行，就在離菲力浦還有五、六米遠時，她縱身一跳，一下就飛到了菲力浦的後背上。莎拉用爪子猛抓了幾下，菲力浦的脖子上一下就出現了幾道帶血的爪印。

「啊！」菲力浦痛苦地大叫起來，他把手伸向身後，一把抓住了莎拉的後背。

「去死！」菲力浦用力提起莎拉，向一塊大石頭甩去。

就在莎拉快要撞到石頭上時，本傑明衝上前去用身體擋住了莎拉，結果他倆一起在地上翻滾出好遠。

「流星拳！」維拉尼看到自己的寶貝寵物被菲力浦甩了出去，使勁推出一掌。

十幾個帶着尾光的球狀亮點飛向菲力浦，菲力浦見勢不妙迎面也推出一掌，「轟」的一聲，維拉尼的攻擊

遇阻，那些球狀光點被擋住了，四處飛散。

大個子利辛斯庫衝上去一拳砸向菲力浦，菲力浦閃身躲開，利辛斯庫撲得太猛，自己差點摔倒。

「閃電手！」卡第拉諾揮手唸了句口訣，一道閃電從天而降直劈向菲力浦的頭頂。

「飛盾！」菲力浦也唸了句口訣，一塊盾牌飛上去擋住了那道閃電。維拉尼發現菲力浦的防禦招數和院長用過的那招一樣。

幾個魔法師自認為厲害的招數都沒有一擊見效，只能依仗人多圍住菲力浦猛攻。菲力浦法力高強，雖然和好幾個魔法師過招，仍然方寸不亂。「叮叮咣咣」的，一羣人打在了一起，難分勝負。

保羅在周邊轉着圈，他非常着急，想用導彈攻擊菲力浦，又怕誤傷了其他魔法師。

正在這時，已經除去眼中沙粒的院長和博士，大踏步飛奔過來，剛剛接近混戰在一起的人羣時，博士就拋出了一根捆妖繩。

捆妖繩準確無誤地飛向菲力浦，瞬間就把菲力浦捆個結實，不過這傢伙大吼一聲，捆妖繩一下就斷成了幾節，博士倒吸了一口涼氣。

「你這個不行。」院長對博士説,然後他縱身一躍從眾人頭頂飛過,落到了菲力浦面前,他回頭看看眾位魔法師,「你們都退後!」

大家全部都往後退了幾步,院長單獨面對着菲力浦,怒視着這個自己曾經非常信任的系主任。菲力浦渾身微微發抖,往後退了幾步。

「你馬上投降吧!」院長的聲音很是威嚴。

菲力浦沒有説話,他依舊保持着攻擊的姿態,沒有投降的意思。

「我叫你馬上投降吧,把事情全部説清楚!」

「不!」菲力浦突然大喊一聲,「霹靂掌!」

菲力浦揚手甩出一道弧光,弧光發出「劈啪」的放電聲飛向院長。院長同樣唸了一聲「霹靂掌」,兩人的招式一模一樣。兩股「霹靂掌」在空中相遇,「咣」的一聲巨響,院長後退了兩步差點摔倒,不過他還是穩穩的站住了,菲力浦則是橫着飛了出去,他痛苦地倒在地上,渾身抽搐。

「捆妖鎖!」院長唸了句口訣,一根鐵索飛向菲力浦,轉瞬間就捆牢了他。

被捆住的菲力浦痛苦地咬緊牙關,他在地上翻來覆

去，拚盡全力想掙脱捆妖鎖，但是根本沒有絲毫效果。過了一會，他不動了，躺在地上喘着粗氣，頭上大汗淋漓。

「院長，我、我也為學校做了不少事情。」菲力浦看着院長，樣子一下子變得十分可憐，「這次就饒了我吧。」

「麻煩把他帶到我的辦公室去。」院長對利辛斯庫説，臉色難看得扭頭就走。

利辛斯庫走過去一把提起菲力浦，把他夾在自己的胳膊下面。眾人一起跟在院長後面。有個學生把掉在地上的《魔典》撿了起來交給院長。

「嗨，這個人才是院長。」《魔典》上手持弓箭的小人對同伴説。

「嗯，是他。」手持寶劍和盾牌的小人點了點頭。

眾人一起到了院長在法術研究所的辦公室。一進門，院長就把《魔典》放在辦公桌上，利辛斯庫進來後把菲力浦往地上一扔，菲力浦被摔得慘叫一聲。

「喂，大個子，把那枝箭還給我。」《魔典》上持弓的小人對利辛斯庫喊道，他還用手指着躺在地上的菲力浦。

菲力浦的胳膊上確實插着一枝箭，這枝箭只有牙籤那麼長，利辛斯庫走上前就把箭拔了下來，菲力浦疼得大叫一聲。

「幫我擦乾淨。」那個小人繼續説，「上面都是血，真噁心。」

利辛斯庫把箭上的血抹在菲力浦身上，然後才把箭交給那個小人。

「謝謝你，大個子！我只有這一枝箭。」

屋子裏很安靜，大家有的坐着有的站着，剛才沒有參戰的希爾達不知從哪裏得到了消息，帶着助手安娜也來了，大家都看着院長和博士。

「南森博士，太感謝你了。」院長首先向博士致謝，「我疏忽了，今天是休息日，對面辦公室的幾個教授沒來上班，我打算自己就在這個樓層看護《魔典》，沒想到被菲力浦騙下了樓，差點出大事。」

「這不能全怪你。」博士説，他指指菲力浦，「這個傢伙隱藏得太隱蔽了。」

博士走近菲力浦，他蹲下身子，猛地抓起菲力浦的右手，掰開他的手心，用兩個手指按住菲力浦中指指根部上一個紅色的凸起，菲力浦掙扎着，博士使勁按住他

的手。

「出來！」博士大喊一聲，他按着菲力浦的右手同時發力，從菲力浦中指指根部一下就拉出一根三、四毫米粗，十幾厘米長的鋼管。

博士站起身，把那根鋼管舉起來給大家看。菲力浦垂頭喪氣，不再掙扎了。

「大家看仔細了，這是虹吸管，它的使用者沒有一個是好東西。」博士舉着虹吸管介紹説，「只有魔怪和巫師才用它，用來吸正常人的鮮血。」

「南森博士，你是怎麼發現他的作案動機的？」院長説出了所有人想知道的問題。

「圈定他是兇手確實不容易。」博士把虹吸管扔到一邊，走到菲力浦身邊，盯着他説，「兇手到底是誰，我從好幾個方向去偵查，甚至想到了法力高深的某些魔怪，不過希爾達女士的魔鏡最終讓我鎖定了這個傢伙。」

「我的魔鏡？」希爾達疑惑不解地看着博士。

博士把他從希爾達那裏打聽到菲力浦也擁有一面魔鏡的事情告訴了大家。然後博士走到院長辦公桌後面的窗台邊，拿起了院長的鏡子。

127

「菲力浦想偷《魔典》，必須會口訣。」博士把鏡子背面翻過來看了看，然後又把它放回窗台，讓鏡面正對着房間，「口訣是怎麼洩漏的呢？院長，你最近每次為會議做準備，要使用到《魔典》時，你是在這張辦公桌後面唸口訣的吧？」

「是的。」

「是轉身面對這個窗台嗎？」博士指着辦公桌後的窗台。

「對，這是程序，避免被懂唇語的人看到我唸口訣的口形。」

「唸口訣的時候鏡子正好對着你，而原來的普通鏡片已經被菲力浦換成了魔鏡鏡片，這對一個魔法師來說並不難。」博士指着那面鏡子，「換上魔鏡鏡片後，它就成了錄影機，你對着窗台唸口訣的畫面，菲力浦取回鏡片細看，就能看清你的口形，並由此破解出口訣。」

菲力浦痛苦地閉上了眼睛，他為自己的所作所為正被一一揭穿而難以面對。

「你是説菲力浦懂唇語？」院長着急地説，「這我可真不知道。」

博士沒有説話，他快步走到菲力浦面前，碰了碰

他。菲力浦睜開了眼睛，博士說：「菲力浦，我們要不
要做個唇語測驗？」

　　菲力浦搖搖頭，又閉上眼睛。

　　「院長，其實學院開設了唇語課，他會唇語也不稀
奇。」博士微微一笑。

　　「我真是大意，我沒想到菲力浦會唇語。」院長知
道了口訣洩露的原因後，身體微微地顫抖了一下，「不

過説實話，就是我知道他會唇語，我也不會想到他會變成魔鬼……」

「你也不會想到他有魔鏡。」博士説。

「可是你最初是怎麼開始懷疑菲力浦的呢？」院長又問，「你剛才説是希爾達女士的鏡子最終幫你鎖定了他……」

「是尼克的一句話提醒了我！」博士微微一笑，「維修部的尼克來給我修飲水機，湯尼遇害的那天晚上，給菲力浦打電話的正是尼克，當時菲力浦側身對着我，電話打了足有五分鐘，而尼克那天跟我説，他只和菲力浦説了兩句話就掛了，時間不超過半分鐘，那電話還是菲力浦故意讓尼克打給他的呢……」

「是菲力浦故意讓尼克打的？」院長皺着眉頭問。

「沒錯。菲力浦讓尼克檢修一下所有魔法師房間的電器電路，説檢修好了一定要在晚上七點半往研究所的會議室給他打個電話。菲力浦還特別強調要在七點半打，尼克後來按時打了電話，説電路檢修好了沒問題，菲力浦説『很好』就掛了電話。」博士冷笑一聲，「整個通話最多不到半分鐘，可是菲力浦足足打了五分鐘，他一直舉着電話站在那裏傾聽，中途沒有再撥過其他號

碼。他一直側臉對着我，我記得很清楚，當時我還想他怎麼不說話只是聽着？其實那時他的真身已經不在了，他是使用了分身術，真身去305室殺害湯尼和企圖偷《魔典》了。」

「院長，你饒了我這次吧。」菲力浦突然絕望地哀求着，「我是一時貪心……」

「菲力浦，我還沒問你呢！」院長大怒，「你是怎麼弄到鑰匙的？」

「我、我……三個月前湯尼生病暈倒，我正好在場，布蘭頓去叫醫生的時候我把鑰匙描在一張紙上，自己配了一把。」

「三個月前就得到了鑰匙，但是並不急着偷《魔典》。」博士冷笑着點了點頭，「不是不想偷，是因為那時還不知道口訣，這些天把口訣搞到了就開始行動了，這傢伙倒是一直在準備着，機會來得還挺快……」

「知道口訣也沒用！」《魔典》裏持劍的小人喊起來，「我們一直在保護《魔典》，我們認識每任院長的樣子，只有院長來翻書我們才同意，否則就會出來射殺。菲力浦不知道這個情況……」

「我也不知道有你們存在着。」院長捧起了《魔

典》，上面兩個小人得意洋洋，大家都好奇地看着他們兩個。

「當然，除第一任院長外，其他院長都不知道這件事。」持弓箭的小人晃着腦袋説，「你以為他要讓即將離任的院長，對手持《魔典》的新院長傳授口訣的規定，只是個普通儀式嗎？其實它能讓我們記住新院長的樣子。」

「只要看到陌生的人來翻閱，我們就會復活，守護《魔典》。」持劍的小人説，「這可是個大秘密啊，大家都要對外保密。」

在場的人都連連點頭，博士覺得《魔典》的創造者很有遠見，這次即使菲力浦得手還是看不了書的。

「其實菲力浦在案發後即露出一些破綻，可惜我沒及時發現追蹤。」博士不無遺憾地説，「上次我在305房遇到襲擊後，大家都跑來了，這個傢伙臉紅得發紫，現在看來他是先隱身逃走然後又跑了過來，他不只是跑步而來而臉紅，分明是吸了我的一些血呀……」

「轟——」的一聲，全場的人都笑了起來。

「菲力浦看來非常懼怕院長。」博士接着説，「偷《魔典》都是趁院長不在這個樓層時才下手，他甚至用

132

毒蜘蛛想害死院長，只是毒蜘蛛的毒液被風吹進了希爾達女士的碗裏，才沒有得逞。這次他利用維拉尼和卡第拉諾的矛盾騙走了院長，同時想把我也騙下樓，方便動手……」

「他大學一年級的時候我是伏魔系的主任，那些招數全是我教的。」院長說着氣得拳頭緊握，「我怎麼教了個這樣的學生？菲力浦，你是怎麼殺害湯尼的？快說！」

「我、我用了分身術來到305房間，隱身進去後，湯尼沒有發現我，我襲擊了他，原本以為一掌就把他打死了，沒想到在我砸破假牆時，他突然狂喊兩聲還弄倒了桌子，我又給了他一掌，因為怕你們聽到聲音趕來，我匆忙逃跑了。我並沒有想到他會死……」

「怪不得湯尼的身上有兩處傷口。」海倫恍然大悟。

「放置《魔典》的具體位置，你是怎麼得知的？」院長問。

「我……我……是你……」菲力浦支支吾吾的。

「快說！」院長大聲喝道。

「你前幾天使用《魔典》找那些要修訂的口訣時，

我剛好在場。湯尼小聲地和你說假牆裂開了，你說不要讓外面的工人來修補，要他自己動手修補，否則會暴露《魔典》的存放位置。我讀懂了你們的唇語，那晚我打倒湯尼後就敲擊牆面，憑藉聽覺很快就找到了那裏……」

「啊，這是我的失誤！家賊難防啊。」院長懊惱地握緊了拳頭。

「這個傢伙總在你身邊，確實防不勝防。」希爾達對院長說，「再說《魔典》就在那間房裏，範圍很窄，就算菲力浦不知道具體位置，找起來也不難。」

「哎——湯尼其實早就告訴我們誰是兇手了，怪我大意！」博士深深地歎了一口氣。

博士此言一出，震驚了在場所有的人，包括菲力浦。

「什麼，湯尼活過來了？」希爾達瞪大眼睛問。

「那倒沒有。」博士看看本傑明，「本傑明，你去305房間把那支手電筒拿來。」

本傑明立即照辦。博士接過手電筒，打開了後蓋，從裏面拿出一節電池來。

電池的牌子是——菲力浦！

「一個魔法師根本不需要使用這支手電筒作為自己的武器。」博士手持那節電池在大家面前轉了一圈，電池上「菲力浦」字樣非常明顯，「而且那晚根本沒有發生過打鬥，手電筒並沒有碰撞痕跡，當時湯尼用右手緊握着手電筒，他是想打開後蓋給我們一個明示，但沒有成功就死去了。其實出事的當晚，我就打開過後蓋看到了電池，可是這種電池使用得太普遍了，我也疏忽了。」

所有的人都被湯尼的忠於職守感動了，也被博士的縝密偵查所折服。

「佩服佩服，看來破案還是要靠專業偵探。」維拉尼很激動，他在一邊由衷地說，「很多事不是我們想的那樣簡單。」

「謝謝你，維拉尼先生。」博士笑了笑。

「菲力浦，我還有個地方不明白。」卡第拉諾走到菲力浦身邊，蹲下身子，「你怎麼這麼着急想偷《魔典》呢？你等我們走了而且院長也恰巧不在的時間再偷，不是更容易嗎？」

「我是想儘快學會毒咒。」菲力浦垂頭喪氣地回答，「更主要的是湯尼就要退休了，新來的看護人肯定

是年輕力壯而法力高明的，我怕到時候對付不了，這次要不是湯尼有病，我也很難偷襲他。」

「你還會馴化毒蜘蛛，這是巫師才會的手段。」院長問，「你從哪學會這種巫術的？」

「六年前，我們咒語系抓了一個巫師。」菲力浦根本不敢看院長的眼睛，「我偷偷留下了他身上帶的巫術書籍，學會了虹吸術，還藏起了他養的毒蜘蛛……我想我在這裏幹到系主任就到頭了，校長的位置你不會留給我的……我只是想多長點壽命，長點法力……」

菲力浦說着抽泣起來，好像受了很大的委屈。

「新校長的提名我還真想到過你，不過幸好沒有報給董事會……」院長長出一口氣。

「我是一不小心走了歪路，」菲力浦哀求道，「你饒了我這次吧，我再也不練巫術了。」

「你已經是個徹底的巫師了！」院長狠狠地瞪着菲力浦，「你不是人，你是魔！你有魔的心，比魔還要毒，你該知道我們是怎麼處罰魔怪的……」

尾聲

　　菲力浦被魔法師聯合會的人帶走了，等待他的會有包括除去全部法力等公正嚴明的處罰。《魔典》上的小人再次「安靜」地看護着《魔典》。再過兩天，新的看護人就要來上班了，那是一個法力高超的年輕魔法師。

　　《魔典》修訂會議終於開始，維拉尼和卡第拉諾也不再鬧彆扭，每次開會時兩人都坐在一起，貴族維拉尼和「平民」魔法師們説話的時候態度也和藹了很多。

　　保羅和莎拉不用參加會議，他倆滿校園亂轉，玩得非常開心，會議期間莎拉還帶保羅去了一趟她在利物浦的姨媽的家。

　　一天，會議結束後，博士他們回到在法術實踐所的房間——他們已經搬了過來，305房間有新看護人看守。

　　「保羅，今天去哪裏玩了？」一進門本傑明就問。

　　「叫我范・保羅爵士？」保羅一本正經地説。

　　「什麼？什麼『范』？」海倫好奇地問。

　　「『范』是荷蘭貴族的名字，我現在被封為貴族

了。」保羅很是得意。

「貴族？誰封的？」博士一直想笑。

「莎拉，噢，不對，是范‧莎拉。」保羅搖搖尾巴，「她是荷蘭貴族！祖上是荷蘭王室的寵物。」

「我說今天看到你怎麼神氣多了呢？」海倫笑著說，「有貴族氣息……」

「這個你也看出來了？」保羅一下興奮起來，尾巴亂搖。

「當然。」海倫碰碰身邊的本傑明，「是吧？范‧本傑明爵士。」

　　「是、是、當然是！」本傑明笑彎了腰，「范・海倫爵士！」

　　「啊！你們取笑我⋯⋯」「范・保羅」說着就用爪子去打海倫和本傑明，兩人馬上避開。

　　博士看着三個嬉鬧的小助手，眼睛都笑得瞇了起來。

推理時間

麥克警長，蘇格蘭場（倫敦警察廳）高級督察，南森和警方的聯絡人，也是一名大偵探，屢破奇案。當然，他所偵辦的都是人類世界中的案件。一起來看看他偵辦過的案件，運用你的推理能力，想一想他是如何破案的呢？

不簡單的案件

麥克警長帶着一名警員去牛津街上的一家公司，詢問一個案件的細節，過程很順利，他們很快就完成了詢問，從那家公司走了出來。

剛剛走出公司，只見有個年輕人在對面街上飛奔，一個六十多歲的老者提着一個皮包，在後面緊追，並大喊「抓壞人」。老者怎麼能追上年輕人？那個年輕人越跑越遠。

麥克警長和警員立即就追了上去，他倆的速度非常快，追了五、六百米，兩人一起追上那年輕人，把他牢牢

抓住。

　　老者提着皮包氣喘吁吁地跑了過來，連聲道謝。

　　「先生，他搶了你什麼東西？」麥克警長問道。

　　「我的小筆記本，比手機還小的小本子。」老者説，「能放在口袋裏的那種。」

　　警員立即叫那個年輕人把筆記本交出來，年輕人只好從口袋裏掏出那個筆記本，交給了警員。

　　「你居然搶這樣一個小筆記本，這也不值錢呀。」警員很是疑惑地看着年輕人。

　　「值錢，很值錢。」老者説着先是放下皮包，拿過筆記本，打開，筆記本中間夾着一張古老的郵票，「三萬鎊的老郵票，我在那邊的一間出售郵品的公司買的，很珍貴。買好以後我就把郵票夾在筆記本裏，筆記本放進上衣口袋，出門沒走多遠，這個年輕人上來就搶我的筆記本，我可奪不過他，他搶了筆記本就跑。」

　　「是這樣嗎？」麥克警長一愣，「啊，那麼你在賣郵票的地方，這年輕人在不在場？」

　　「不在，當時只有我和老闆兩個人，沒有別的顧客。」老者搖了搖頭。

　　「門口也沒有人嗎？」

「對呀。」

「這個案件不簡單。」麥克看着那個年輕人，「老實說吧，你是受人指使的，或者說你有同夥……」

經過麥克的指出，年輕人承認確實有同夥，而且同夥居然就是賣郵票公司的那個老闆。

答案：麥克看手上拿着的那一副眼鏡的／他需要配戴護眼的眼鏡，但他看不清楚字。看着那年輕人的／一般的人的心理情況看護着年長者，但這個年輕人卻反過來護着他自己，他看護一個老年人一樣。麥克看護着這個老闆的心理，所以首先就想到是賣郵票的老闆，只有那個老闆才是最重要，是真正的主謀。

他需要配戴眼鏡。

魔幻偵探所 6
魔法學院襲擊者（修訂版）

作　　者：關景峰
繪　　圖：陳焯嘉
責任編輯：葉楚溶
美術設計：李成宇
出　　版：新雅文化事業有限公司
　　　　　香港英皇道499號北角工業大廈18樓
　　　　　電話：（852）2138 7998
　　　　　傳真：（852）2597 4003
　　　　　網址：http://www.sunya.com.hk
　　　　　電郵：marketing@sunya.com.hk
發　　行：香港聯合書刊物流有限公司
　　　　　香港荃灣德士古道220-248號荃灣工業中心16樓
　　　　　電話：（852）2150 2100
　　　　　傳真：（852）2407 3062
　　　　　電郵：info@suplogistics.com.hk
印　　刷：中華商務彩色印刷有限公司
　　　　　香港新界大埔汀麗路36號
版　　次：二〇二一年五月初版

ISBN : 978-962-08-7773-5
© 2008, 2021 Sun Ya Publications (HK) Ltd.
18/F, North Point Industrial Building, 499 King's Road, Hong Kong
Published in Hong Kong, China
Printed in China

魔幻偵探所